# 我们走在大路上

厚圃 著

SPM 南方出版传媒·花城出版社

中国·广州

图书在版编目（ＣＩＰ）数据

我们走在大路上 / 厚圃著. -- 广州 ： 花城出版社，
2017.11（2021.4重印）
（花城小说馆）
ISBN 978-7-5360-8457-5

Ⅰ．①我… Ⅱ．①厚… Ⅲ．①长篇小说－中国－当代
Ⅳ．①I247.5

中国版本图书馆CIP数据核字(2017)第267561号


出 版 人：肖延兵
责任编辑：李 谓 王 凯 安 然
技术编辑：薛伟民 凌春梅
封面设计：腾裕视觉传达

| 书 名 | 我们走在大路上<br>WOMEN ZOU ZAI DALU SHANG |
| --- | --- |
| 出版发行 | 花城出版社<br>（广州市环市东路水荫路11号） |
| 经 销 | 全国新华书店 |
| 印 刷 | 北京一鑫印务有限责任公司<br>（北京市顺义区北务镇政府西200米） |
| 开 本 | 880毫米×1230毫米 32开 |
| 印 张 | 7.5 1插页 |
| 字 数 | 180,000字 |
| 版 次 | 2017年11月第1版 2021年4月第2次印刷 |
| 定 价 | 38.00元 |

如发现印装质量问题，请直接与印刷厂联系调换。
购书热线：020－37604658 37602954
花城出版社网站：http://www.fcph.com.cn

第一章

"六月鲤鱼,七月和尚",说的是夏收前后,鲤鱼和和尚都肥得流油。鲤鱼的肥,那是从二三月产卵后自己养出来的,和尚的肥却全凭别人的供养。农忙一完,农民终于可以歇口气,手头的那点闲钱就松动了,三文不值二五地花到了佛寺去,烧香,算命,捐香油钱。苏彩娥的"肥"不像鲤鱼,倒有几分像和尚。她原来瘦得像麻秆,现在一下子胖得面目全非,活脱脱是叫丈夫和婆婆给供出来的。女人一过门就成了人家的责任田、自留地,由着男人去耕播。龙春干的是讨巧的活儿,寓"播"于乐，乐在其中。倒是他的母亲龙婶担子很重，浇水、施肥、深耕、细作，半点儿都马虎不得，不过她毫无怨言，嘴角还老挂着喜滋滋的笑，好像这是一项顶顶光荣的任务。

苏彩娥觉察到身体哪里不对劲的时候，才发现每月必来的东西还没来。到底是没生过没孵过，心里没谱，不晓得是不是怀上了，又耐心地等了好些时日，连个鬼影也见不到，就偷偷告诉丈夫。龙春正趴在她身上，情绪蛮高，如箭在弦，都能打落飞机了，听她这么一说，愣住了，那股冲动像坠在孩子鼻尖尖的清涕，哧溜一声就跑回去了。他两只手撑着床板，惊奇的目光从她的脸上一路跑到白亮亮的肚子，凝冻似的，仿佛那不是肚子，那是一片神奇的土地，那里将诞生一位伟人。

"哎哟妈呀，差点把我儿子给压坏了。"龙春小心翼翼地爬下来，在床前不停地转圈圈。苏彩娥生气了，噘起小嘴娇滴滴地警告他，"八字还没一撇呢，可别乱讲。"

龙春神情凝重地点了点头说："遵命，老婆大人。"

在昏暗中，苏彩娥看见丈夫的眼睛光芒四射，涌出千般柔情万般蜜意。多少年了，他和母亲相依为命，以为要一条道走到黑，没想到突然柳暗花明，不"娶"则已，一"娶"惊人，讨了个支书家的千金！

谁说"好女一身膘"？瘦瘦的苏彩娥也是块肥地，争气得很，一下种就长出庄稼来。

这喜事啊，好比晒谷场上的麻雀，不来就不来，一来成群结队哩。

龙春的屁股摸到了床沿，安营扎寨，然后温柔、缓慢、满怀希望、信心百倍地抚摸起妻子光滑如缎的肚皮。

"傻啦？半天不吭声的。"苏彩娥又娇嗔了一声。龙春嘿嘿地笑："没错，我傻了。"

苏彩娥催促了几次，龙春就是不肯睡，她就严肃起来："别胡闹了，我要休息不好，会影响孩子的。"

龙春好似听到了圣旨，不敢动了，但眼睛仍瞪得很大，好像一迷糊这好事就化成了一场梦。

第二天，苏彩娥虽像往常一样醒来，但赖在被窝里不肯动，有点母凭子贵的意思。龙春不知道她醒着，做贼似的下了床，摸索着穿好衣服，走了几步，怕她冷，又转身在她肚子上搭了条没装被套的棉絮，看上去像落了一层雪。他低低地笑了一下，又急忙捂住嘴，踮着脚尖从门缝闪出去。

大清早，苏彩娥听到丈夫在院子里叽叽咕咕。不一会儿，就听到婆婆风风火火地大搞爱国卫生运动，里里外外，上上下下，像要迎接什么重要人物的检查。要在以前，就算苏彩娥不肯起床去帮忙，丈夫也会催促她央求她，怕把婆婆给惹恼了得罪了。今天她再也不担心会落个"懒媳妇"的骂名了。她甚至希望婆婆沉不住气，像往常一样呱呱乱叫，这样她就可以变成一碗滚烫的油，无烟无气地烧烂她的嘴，烫破她的喉。

但是，院子里一派祥和、一派恬静，只听见鸟儿在枝头在屋顶啁啾，锅碗瓢盆在谨慎而零落地碰撞，还有婆婆怕吵醒她那低低的自责。苏彩娥心里头比晒谷场还敞亮，肯定是丈夫多嘴了。她轻蔑地哼了一声："这个龙春！"嘴巴却含着笑，一点也不气，生那闲气干吗？伤了自己事小，伤了肚子里的宝宝事可就大了。

她把两只手搭在肚皮上，来回地摩挲着，仿佛在跟里面的孩子打招呼。一种当母亲的感觉已经潮水般地涌上心头，眼眶里蓄满了脉脉温情，连吞咽口水都变得小心翼翼起来。她侧过身，用一边的胳膊支起上半身，似乎大腹便便、行动笨拙了。

日头没有晒到屁股上，而是被糊在窗玻璃上的报纸挡在外面，光影柔亮、婆娑。苏彩娥的心窝暖暖的，像伸进来一只胖乎乎的小手轻轻地抚摸着。她环顾一下四周寻找丈夫。有好几个"龙春"装在相框里，挂在墙壁上。贴在衣橱门上的那个"囍"字还红艳艳的，就要当母亲了，责任重大啊。男人播了种就万事大吉，女人却失去了自由。快活的时光，从此如一片鲜鲜嫩嫩的桑叶，交给蚕宝宝似的孩子啃去。这么一想，又勾起了一丝委屈，惆怅极了。

"龙——春——"她伸长脖子朝着窗外娇嫩地叫了一声。

龙春正在井边刷牙，一把秃了毛的牙刷搅出了一嘴的泡沫。龙春原来不刷牙，夏天到河里洗澡，摸把细沙压在牙齿上来回搓几下就算了。苏彩娥过门后，第一件事就是要他刷牙，否则别碰她。不过苏彩娥把分寸拿捏得非常好，她从她父亲那里知道什么叫"下不为例"。龙春把好话说尽，再三保证，她才肯，才让他的"鲤鱼"跳"龙门"。那一次龙春加倍珍惜，使出了吃奶的劲儿煎鱼似的，把她反反复复地煎，煎透、煎脆，煎得第二天弯个腰都困难。之后龙春就去买了两把牙刷，一把给母亲，一把自己用。龙婶觉得这钱花得好冤枉，她一个老人家，牙齿白不白有谁看？她黑着脸心疼了老半天，还是忍不住，拿自己那把去退钱。卖东西的很不高兴，话自然也说得很难听："牙刷又不是擦屁股的草纸，卖出去了，哪知道你们用过没用过？"龙春母亲龙婶涨红着脸回来，自言自语地说："刷什么刷？能入口的都是好东西，闭上嘴还来不及呢，浪费钱！"

龙婶暗暗地埋怨儿子，这个龙春，啥都好，就是耳根软，那个女人已经是煮熟的鸭子，还怕她飞走不成？要什么就给什么，她要月亮你能搭个梯子把它摘下来吗？看把她宠的！就不怕她蹬鼻子上脸、骑到脖子上屙屎？

听到儿媳妇脆生生的一叫，龙婶正端着个竹匾要去晒花生，就抬起头来将目光聚焦在窗口。要是以往，她是不会让她这么嚣张的。很多冷嘲热讽已经滑过喉咙头，但又被她硬生生地咽回去。

记得苏彩娥刚过门的第二天，也是这么娇啼了一声，把龙婶惹火了。龙春都快走到堂屋了，被她伸出来的一条腿挡住了。她昂起头撇着嘴巴说："都晌午了，就算孵蛋也该孵出来了。"

那声音不大不小——太大了，家丑外扬；太小了，又怕苏彩娥听不到。明摆着，当婆婆的有意要夹她一下，教她怎样当个好儿媳。修理儿媳妇，学问可深了，有点像炒茶米，不靠力气，而要靠火候、靠技巧、靠感觉，学是学不来的。龙婶刚过门也让婆婆夹过一回，痛得一辈子都忘不掉。那时候她还小，十八九岁不知深浅，一不小心把底裤晾得比死鬼老公还要高。婆婆深深地看了一眼，不吭声。到了傍晚，龙婶收衣服，翻天覆地地找，就是找不见那条底裤，只好去问婆婆，婆婆的脸唰地黑了："挂得那么高，怕是飞上天了。"龙婶听出话里有话，就偷偷地问死鬼老公。他嗫嚅着："别找了，往后晾低一点就是。"

第二天一早，龙婶拎着马桶到巷尾的茅坑去，一眼就看见自己那条灰蓝色的内裤在上面漂着，里里外外爬满了又白又胖的蛆，浑身立刻乍出一层鸡皮疙瘩，哇地吐了一地。从此她明白了，婆家不同于娘家，婆婆与亲娘更是天差地别。

如今媳妇熬成婆，龙婶也像她的婆婆一样对儿媳这看不惯那看不惯的。她之所以不敢轻举妄动狠狠整治苏彩娥，是因为她的这个儿媳妇不是一般人。要是苏彩娥十指齐（她左手的食指被鞭炮炸断了），眼睛早就长到了额角，天上有地上无，两只翅膀一扇飞到城里去吃通销粮了，哪肯从南川大队嫁到月窟大队、嫁给龙春这个又矮又黑的庄稼汉？

从第一眼见到苏彩娥，身经百战的龙婶就认定这人不是盏省油的灯。龙婶时时提高警惕，心想绝对不能让你出头，你头一抬我就给你摁下去，一句话，把歪风邪气掐死在摇篮里。

苏彩娥倒没想过要跟婆婆过不去，到一个人生地不熟的地方去称霸称王那是傻蛋。但是，她也没有讨好婆婆的意思。她采取一种细水长流、和风细雨式的态度，既不含糊也不刻意，既不逢迎也不抵触，该她做的事一件不落，不该她做的她也不当急先锋。

苏彩娥刚一过门就睡懒觉，不过是想摸摸婆婆和丈夫的底。万事开头难，这个头开好了，往后的事就顺风顺水；开砸了，往后的日子就逆水行舟，再想拨乱反正就难了。听到婆婆的责怪，苏彩娥没有做贼心虚地起床，而是很随便地将窗户推开道缝露出半边脸来，让笑声从鼻孔里喷出来，表面一团和气，实际上却夹着股刺骨的寒意："娘，你不是盼着抱孙子吗？我不多孵几次你怎么抱得成呀？"

龙婶毕竟是旧时代过来的，好斗，但有个度，就算窝里斗，到死也不能让外人捡了便宜去说东说西，所以在关键时刻保守了，放不开了，不敢肆无忌惮地斗、其乐无穷地斗。她慌里慌张向外瞟了一眼，赶紧把大门关严，脸像挨了一巴掌火烧火燎地红起来。现在的女人果真什么都敢，两条腿才一叉开就说出这样不害臊的话来！

龙婶从没想过重名声爱面子也会成为自己的死穴，更糟糕的是它过早地暴露在儿媳妇面前。苏彩娥是什么？人精！婆婆很快就变成了她的收音机，知道往哪里一拧就没了声气。嘴巴上讨不到好，龙婶只能搁在心里骂：“你这人，哪天不给我弄出个带‘钉螺’的孙儿，看我怎么收拾你！”

“龙春，你怎么还不来呀？”

“中央有人”的苏彩娥都唤了第二遍了，龙春焦急地看着母亲，她那张皱巴巴的脸就是家里的晴雨表。

龙婶的两只手鹰爪似的抓住竹匾的边，眼睛没有任何指示。龙春就张开涂满牙膏泡沫的嘴巴沉沉地应了一声，却不敢动弹。

“去吧，都喊你了。”龙婶轻轻的一声，却像双有力的手猛推了龙春一把，腿还没迈出去，人已经倒向苏彩娥那一边。望着儿子的背影，龙婶不解气地骂：“没出息的东西！”

女人怀上第一胎，是最骄傲，也是最娇气的。龙婶记得自己怀第一胎时，那个死鬼一有空就陪着她，怕她生气，怕她心烦，把她当宝贝哄着。也许命该如此，一天站在屋檐下，一块瓦片不偏不倚地砸在她的额头上。丈夫把她送到医疗站，赤脚医生一检查，脸色大变。

　　"上面见红，问题不大；下面见红，问题可就大了。"那胎儿最终果真没有保住。之后她又怀上了几次，没有一个保得住。她只好到县城的大医院彻底地做检查。医生说是习惯性流产，身体又亏空得厉害，要命，就别再怀了。她觉得天一下黑下来，就像给自己判了重刑。从此人前人后她再也抬不起头，只知道没日没夜地伺候丈夫、操持家务，把一个家收拾得整整齐齐、干干净净。万万没想到，她那死鬼竟像找到了理由，开始放纵起来，还隔三岔五地给她一顿饱拳。男人娶亲生娃，天经地义，自己不下蛋怪谁呢？四十岁那年，有人介绍了个中医，有家传的"裤头方"。她吃了，将生死置之度外地怀一回。皇天不负有心人，孩子真的生下来了，只是提早了一个多月，先天不足，身子骨弱。龙婶惊喜交集，比别的母亲更加劳神费力地抚养他，一泡屎一泡尿地将他拉扯成人。

　　不知道为什么，龙婶只要看到龙春往堂屋里钻，心情就灰暗极了，像儿子被人抢走一样。进去就进去了，龙春还故意似的把门砰地摔得山响，她的心就像夹在门缝里狠狠地跳了一下，简直要了老命！一股不满的情绪如狂风般从心底刮起来，真想冲过去一脚把门踹开。

　　不过此时显然不是时候，龙婶是个知道轻重的人，不看僧面看佛面，看未来孙子的面，有什么不能忍的？龙婶叹了口气，到后院晒她的花生米去。

龙春摆脱了母亲，像条漏网之鱼欢快地游向苏彩娥。苏彩娥早已摆出美人鱼的姿态与他应和：她半卧着，乌黑的长发垂在一边，肩胛骨在薄薄的内衣里微微有点凸起，两条长腿裹在那床棉絮里像覆盖着雪白的浪花。她用一只手支撑着身体，另一只手护住小腹，目光有点怨、有点愁，但更多的是娇。可能是阳光把空气暖透了，她那张菜色的脸竟变得红扑扑的，闪动着迷人的光泽。

看到他嘴边的牙膏沫，她扑哧地笑出声来，那笑声是跳跃式的，很欢快，音调还蛮高，能飘出老远。龙婶刚晒好花生回来，站住了，嘴巴又痒起来，想狠狠地咳一声，给儿媳提个醒，就算怀了孩子，也不能这般浮浪，但刚一吸气又赶紧呼出来。她担心吓坏装在儿媳肚子里的孙儿。

第二章

在苏彩娥的感觉里，这个婚结得有点仓促。她和龙春只见了几回面，最后的一次就把关系确定下来了。没几天，男方来提亲，女方点了头；又没几天，双方就把事办了。婚前最后的一次约会仍历历在目，鲜活得像只乱蹦的虾米，转眼间已成了隔夜的菜。

那一次是苏彩娥主动，她约龙春到南川大队的晒谷场去看"土脚戏"。

为了活跃贫下中农的文化生活，时不时会有公社的放映队下农村，一晚两三部地放着黑白电影，胶片老是断，观众们就心急火燎地等着放映员"接片"，那感觉像是有上顿没下顿的，很不踏实。尽管如此，整个大队还是沸腾起来，跟过大节似的。社员们早早地涌向晒谷场在银幕两边占了位。放映队里有个中年人，名叫池年平，柚皮脸，成分不好，却很受贫下中农的欢迎。他手握大喇叭，负责把电影里的普通话翻译成潮州话。他不是照字面死译，而是插入很多俚语俗谚进行解说，非常搞笑。譬如有个镜头，一大帮旧上海的买办有钱人在舞厅里跳交际舞，池年平就说"上海人不会建房子，光会打地基"，把大伙的肚皮都笑破了。

苏彩娥边看边笑，后来就不笑了，因为她的一只手被龙春抓住了。苏彩娥偷偷地瞟了下四周，每张脸都是一幅小银幕，闪闪发光，都跟上大银幕的节奏变幻着喜怒哀乐，谁也没工夫去理会他们。她又瞟了一眼龙春，他也像别人一样专心致志地盯着银幕，就好像电影多么地吸引他，就好像他摸的捏的握的不是她的手而是自己的手。

在恋爱中，牵手这一环节承上启下、继往开来，相当重要。它说明情报收集、火力侦察已告一段落，接下来将吹响冲锋的号角，短兵相接、你死我活，将爱情进行到底。明白了这个道理，苏彩娥就越发对龙春的漫不经心很有看法：自己的手还从没被哪个陌生男人牵过，现在给了他，他却不当回事。她真想把它抽回来，不跟他好了，让这道菜没煮熟就烂在锅里。但终身大事岂能儿戏？在做出重大决定之前，她爱设身处地想想。当她变成了龙春之后马上就明白了他的良苦用心。说到底，恋爱不是谈给别人看的，也不是为别人而谈，"还没拉屎先唤狗"，最终倒霉的还不是自己？龙春没有错，他只想静静地谈，秘密地谈。谈成了，公之于世皆大欢喜；谈不成，别人也不知道。女孩子跟男孩子还不一样，谈过了，要贱些；谈多了，臭名远扬，非常被动。

苏彩娥就在心里很温馨地骂了龙春一句："人矮心思大。"

好不容易挨到第一部片结束，观众一下子垮下来，有挤出去解手的，也有挤进来找位的，还有的索性站起来把双手举成了树杈伸起懒腰。苏彩娥盯着面前挤进挤出的熟人，很不自在，生怕被别人发现。她心里矛盾极了，要把那只被龙春捏住的手抽回来吧，怕他误会，继续放在那里又太明目张胆了。她就把另一只手也伸进去，搭在他的手背上，按住，拔针一样把那只被捂得汗津津的手抽回来。

龙春暗暗地笑了一下，换了个姿势，大腿慢慢地向苏彩娥倾斜，膝盖都碰到她大腿的外侧了。她瞪了他一眼，但没有用，黑暗中谁看得见谁啊？她有点急了，好像全晒谷场的乡亲不再看电影，全看着她。她就地捡起一根穿甘草桃的竹篾，朝着他的大腿狠狠地扎下去。竹篾折断，龙春也猫叫似的喊了一声，引来好几个人张望。他再也没有好耐性，豁出去了，捉住她一只手把她从板凳上拽起来。那些观众有点像田地里茂密的野草，挤一挤、踩一踩就腾出条弯弯曲曲的小径来。

苏彩娥只听见四周哗哗地响，浪潮似的，脑子里一片空白。她不知道他要带她去哪里，也不知道他想干什么，那样子有点像私奔，又有点像逃难。苏彩娥两条腿已经使不上劲了，是龙春在拽着她走。别看他个头不高，但两条短而粗的胳膊却相当强悍，蛮不讲理。苏彩娥的弟弟苏冠军跟龙春掰过手腕，龙春只轻轻地喊了声"嗨"就取得了压倒性的胜利。

两个人跑着跑着，前面闪出一堵残墙，上头还垒着塔形的草垛。龙春像找到了掩体，一下子把苏彩娥推到了角落里，黑暗中四只眼睛熠熠发亮。他开始无师自通地用嘴巴去寻找她的嘴巴，她拼命地躲闪，可一张脸盘有多大？再瞧他那股狠劲，就算是九百六十万平方公里他也非要找到不可。紧张过了头，她反倒冷静了，她跟他好，难道不是期待着这么一天吗？她不躲了，不反抗了，还反弓起身子勇敢地迎上去。龙春迟疑了一秒钟就把她的嘴压住，吸住。两个人像两条斗鱼紧紧地咬着，反复地咂着，谁也不肯服输。苏彩娥心想完了，人还没过门，"鲤鱼"已经跳"龙门"，活是龙家的人，死是龙家的鬼了！

龙春还不依不饶，两只手从她的臀部爬到了她的小腹上，又向上挺进，一心一意要去占领那两座山头。苏彩娥的身体里像装了个马达颤抖得格外厉害。她害怕，也心虚，就像一脚踩不到底。再任其发展，怕要把自己的回头路给堵死了，要不得啊！她把嘴从龙春的嘴里奋力拔出，两只手又去拦截龙春的手。

"别乱来。"苏彩娥的话里夹着急促的喘息声，听起来很不高兴。

龙春喘着气回答："我没有。"

苏彩娥眼里闪着泪光，狠狠地甩开他的手，像甩掉毛毛虫一样大声说："去我家提亲吧。"扭头便走。

到了国庆，苏彩娥就嫁过来了。有句老话叫"欲穿待嫁，欲食待生"，她嫁给龙春却没添一件新衣服。父母把她送出巷口，就交给了弟弟苏冠军和她的几个好姐妹。他们拎着扛着包，像出门做工一样。

苏彩娥走了几步回头留恋地张望，发现父母已不见踪影了，鼻根一酸，眼泪掉了下来。嫁出去的女儿泼出去的水啊！父母的冷淡给了她一种错觉，好像自己不是嫁过去而是卖过去的。虽然她知道这是当支书的父亲故意做给群众看的，但还是相当不满，相当委屈，一辈子就这么一次，什么政治需要形势所迫，要举行什么简单、朴素、革命的无产阶级婚礼啦，滚他娘的蛋！她气鼓鼓地想，以后我再也不回来了，看你摆什么谱！

苏彩娥一行人走到清水河的老码头，登上了父亲早就安排好的一条小木船。

南川大队和月窟大队之间隔了条清水河，几十米宽，两岸水草丰茂，稀稀疏疏地点缀着一些农家小院和茅草小屋。在苏彩娥的印象中，江凤凰家的那个后院在每年入秋后，总轰轰烈烈地开满黄黄白白的大菊花，好似节日的烟火。如果不坐船，走石桥过去，那就远了，至少要多走两三里地。

龙春带着几个哥们儿，开了辆手扶拖拉机一大早就守在河对岸。他理着寸头，穿了件时髦的旧军装，风纪扣扣上了，显得严肃有余、活泼不足。他背后的那辆手扶拖拉机，很冷似的颤抖着，烟筒喷出股股柱状黑烟。

望见苏彩娥她们，龙春老成持重地挥了挥手。苏彩娥没有站到船头，而是被弟弟和姐妹们簇拥着，表情严肃而又庄重，她不时举起手拢拢被风吹散的发丝，嘴巴抿得紧紧的，好像是来谈判的。

距离在不断地缩短，这一次，苏彩娥总算好好地看清楚了新郎官。以前她总是浮光掠影，眉毛胡子一把抓，没有突出重点，也没有深入研究。他长得比她印象中还要好，又粗又黑的眉毛，有点平，没有剑眉的严厉和英气，也没有扫帚眉的倒霉相，显得和善、忠厚。他还长着一对小眼睛。男人大眼睛，水汪汪的太女孩子气了。她更喜欢他这样，光点跟针尖似的很细，很跳跃，特别有神。他的脸形原本是圆的，到了下巴却突然收成了方的，还向上"朝"，翘翘的、很硬扎。他双颊剃干净了，但仍然泛着凛凛青光，散发出一股男子汉的粗犷。

苏支书曾经对女儿说："这小子要是没胡子，那就一无是处了。"

"为什么？"苏彩娥不理解地看着父亲。苏支书笑了笑说："他太矮了，轻！好在有一脸络腮胡压住。"

苏彩娥明白了，所谓的"轻"就是不够分量，缺少杀气。她想了想问："你不长胡子，为什么就能压得住人？"

苏支书笑而不答。

他的确没长什么胡子，只是腮边有颗黑痣长了几根长毛。他的样子一点都不像贫下中农，倒像是公社里的文化干事。说得不好听点，还透出几分阴柔、几分女人样，说话慢声细语的像在做妇女工作。但随便去问问，整个南川大队，他指东谁敢往西？他说对谁敢说错？对自己，他自有一番认识，别看他高高瘦瘦的，那是颜筋柳骨自成一体，更何况他还起了个女人的名字——苏世珍，这要是从玄学的角度去深究，也算"成极"了。的的确确，他在南川大队支书的位置上坐了二十年，风平浪静无惊无险。

女儿多数像父亲，苏彩娥也不例外，从苏支书身上遗传了不少优点，比如身材，比如脑瓜，比如文雅，比如心气。她身材高挑，梳着李玉梅一样的大辫子，杏仁脸，眼睛细而长，眉毛浓而黑，举手投足不自觉地流露出大家闺秀才有的那种文雅、大方的气质。

船靠码头，龙春那几个好兄弟就长见识了。在他们面前，苏彩娥既不羞涩也不紧张，用她一向的冷静与他们寒暄，说你们辛苦了，俨然已是龙家的女主人。但在龙春面前，她又回到还未过门、不胜娇羞的模样，一只手捂住胸口一只手搭着脑门，脸微微仰起鼻翼翕动，好像她不是坐船而是跑步来的；好像两家人不是隔着一条河，而是世界上最广阔的海洋。龙春看在眼里、疼在心头，急忙将她扶上拖拉机的前座，自己再登上另一边。隔着拖拉机手，他俩都不说话，怕影响人家开车似的。兄弟姐妹们像群猴子你拉我拽，嘻嘻哈哈地爬上车后斗，一路大呼小叫，鸡飞狗跳。到了一条巷子，大家又像青蛙一样纷纷跳下来，抢掠似的把嫁妆搬进一个旧院落。

苏彩娥站在院子里，望着头上的苦楝树，凉风拍打着疏朗的枝叶，阳光在树梢蹦蹦跳跳，有个蓬蓬松松的鸟窝从树杈上一下子跳进了她的眼睛，心里立刻涌起了一种同病相怜的感觉。终于嫁出去了，在别人的地盘上筑起了自己的巢。她曾经多次想象未来家的样子，想象着和一个怎样的男人在里面恩恩爱爱，生儿育女。想来想去，"家"就是跳不出娘家的那个框框。现在她终于有机会打量起这个叫"家"的陌生地方了。小小的院子，方方的天井，还有两三间瓦房，一扇扇窗户像眼

睛，深不可测地注视着她。堆在大门后的农具，粘着泥、生了
锈，呈现出一副似曾相识的面孔……她正胡思乱想，手已经被
两只干枯如柴的手捉住了。一张皱巴巴的老脸仰起来，贪婪的
目光从头到脚地把她打量了一遍，又从脚到头地打量了第二
遍。那两只手握得她手腕生疼，好像害怕一松开她就会飘走似
的。站在一旁的龙春窘得不知如何是好，他小声说："娘。"又
大声说，"娘——"还重重地跺了下脚。

龙婶猛然惊醒似的说："好，好，好。"又回过头去，像
要让邻居们一起见证，"支书的女儿，就是不一般。"

龙婶又转过头去对儿子嘟哝了一声："身上是没什么肉。"
但她的决心很大，嘹亮的声音把大家都吓了一跳，"不怕，生
完孩子，养一养，一定能长胖。"

苏彩娥的脸腾地红起来，皮肤底下的血像要喷薄而出。她
的眼睛盯着脚尖，很难为情、很短促地喊了一声："娘——"

龙婶乐得捂紧嘴巴，两只眼睛甜成了豌豆，又惹得邻居们
叽叽嘎嘎地哄笑。

龙春从兜里掏出一把糖果，仙女散花似的朝空中抛去，孩
子们像小猫小狗趴在地上一阵乱爬乱窜。他又掏出红双喜逢人
就发，见者有份。

苏彩娥被簇拥着进了堂屋。儿子一成家，龙婶就大方地把
它让出来，自己搬到厢房去。龙家的亲戚朋友早已济济一堂，

目光齐刷刷地望过来，像看什么稀有动物。好在民兵队长马勇烈马上就宣布婚礼开始。马勇烈留着大胡子，样子很威严，谁也没想到他会跳到一条板凳上，又是拍掌又是招手，把大家的目光硬是拉过去。

按照南川大队苏支书的嘱咐，婚礼要从简；按照月窟大队罗支书的要求，革命婚礼又不能偷工减料。龙春和苏彩娥先齐声背诵语录"千万不要忘记阶级斗争"。背着背着，空气绷紧了，让人觉得气短胸闷。语录背完后，老马又请出贫下中农忆苦思甜。贤孝老婶啰里巴唆地讲起旧社会的婚史，说进了洞房还不知道丈夫长的是啥鬼样；说闹洞房，老贤孝喝醉了差点让阶级敌人喝了"头啖汤"。大家想笑，又不敢笑，有个坏小子带头起哄，要求老婶再讲深入点，引起雷动的掌声。老马及时调整方向，他高声说："该做'四句'了"。

做"四句"的人被称作"青娘"，要说些形势一片大好、祝福新人比翼双飞的好话。

为了活跃气氛，"青娘"老马指着脚下那张吱嘎吱嘎的板凳说："龙春的床还没叫，你倒是叫得挺欢的。"羞得苏彩娥掩住了脸，但两眼却没闲着，透过指缝打量着那些亲戚朋友。今天她可是主角，这场戏虽难演但绝不能演砸。她的风头既不能盖过了领导们，盖过丈夫，甚至婆婆，但也不能像个木偶任人摆布。她早就想好了，多守少攻。守，就要尽量发挥女人的优势，多脸红，多撒娇，多说几声"讨厌"；攻，就是要充分调动主观能动性，发挥聪明才智见缝插针，让乡亲近邻都知道，这个新媳妇没有那么好欺负。她的声音一下变得又娇又急，像在抗议又像在求饶："阿叔，我要给你的嘴巴安把锁——"

老马扮了个鬼脸，扯开喉咙念起来：

脸红红，

龙春屋内娶新人，

今年娶来明年生，

生出的不是一个团仔弟……

大家吓了一跳，以为自己的耳朵出了毛病。两个新人的眼睛更瞪得比灯泡还要亮，没想到老马又不温不火地补上一句："原来是对双生儿。"

大家才齐齐地舒了口气，又听到他的声音炸弹似的炸开来："儿子不是自己的——"

亲友们像被一股力量镇住了，面面相觑。龙婶已经慌了神，都要去把老马拉下来，问他是不是喝醉了，一句安逸话又钻进了耳朵里："他们是党的好学生。"

做完了四句，夫妻向"大人"敬茶，再向亲友们派烟派糖。场面乱哄哄的，孩子们在院子里冲锋陷阵争夺糖果，男人们嘴上叼着烟，耳朵上还夹着一根。女人们边吃花生嗑瓜子边挤眉弄眼，捂着嘴畔传播些小道消息。

　　入洞房之前，老马请大队支书罗兴壁讲话，大家就故意把掌声鼓得很响。他们很想看没文化、说话又结巴的罗支书出笑话。去年过端午，罗支记在黑板上写通知，把"鹅"字写散了，成了"过节，杀我鸟，煮我鸟蛋，加菜"，后面还补上一句"我鸟毛，明天卖"，题上大名。这笑话一经传出，领导威风扫地。罗支书很生气，决定查一查，是谁多嘴。结果傻眼了，竟是他一手栽培的张会计。他决定修理张会计一下，就向老马问计。第二天晚上开群众大会，几盏三百瓦的灯泡把晒谷场照得如同白昼，男女老少全被挨家挨户地叫来，嘻嘻哈哈扎成堆。他们看见两个民兵扛出块大黑板，放到台上，上面密密麻麻地写着几十个拳头大的方块字，专门请张会计来读。张会计看了老半天，怎么好多字都是头一回见到的？他就老老实实地说："不全认得。"罗支书得意地说："你……你不是高……高中生吗？很有……有文化吗？读……读……读你认识的。"

　　"吃、喝、嫖、赌。"话一脱口，张会计才知道中计。

　　罗支书满脸严肃地说："对了，你就、就只知道吃、吃喝嫖赌！"

下面立刻笑成一锅粥。

后来张会计跑去向老马讨教。老马笑起来："那些字我也不认得，都是胡编的。"

罗支书是龙春父亲老龙头生前的老哥们儿，不说点啥，好像不妥，不说点啥，这婚礼的规格就高不上去。罗支记就说："结……结革命的婚，好……好得很。婚是要结的，但别冒进，明天还要干活哩。（大家笑起来）总之，我很支持，党和人民也很支持，龙春，还有苏什么？对，彩娥，好好生活，好好学习，好好劳动，团结起来，争取更大的胜利。"

人们发现一说政治话，罗支书不结巴了。

龙婶听了半天，觉得罗支书的最后一句特别耳熟，还搔到她心里的痒痒肉。

"争取更大的胜利"，不就是让她早日抱孙子吗？

入洞房了，老马充满感情、慷慨激昂地朗诵起毛主席的诗词："……多少事，从来急；天地转，光阴迫。一万年太久，只争朝夕……"

"只争朝夕，说得多实在呀。"苏彩娥太有感触了。龙婶却只听懂了一句，就嘟嘟囔囔的："一万年是太久了嘛，这有什么好说的？"

## 第三章

感觉并没有欺骗苏彩娥，她真的怀上了，开始显山露水了。从肚子，然后扩展到臀部、大腿、胳膊，连那张秀气的脸也变大了，皮肤绷紧，泛起明亮的红光，不知道是被挤压，还是被反衬，眼睛显小了，给人藐视一切的感觉。

这个时节，不前不后，酷热，孕妇就格外地辛苦，坐在那里不动都一身汗。偏偏苏彩娥爱串门，街头巷尾地瞎逛荡。怀孕了多运动，是好事，将来孩子才容易生下来，但苏彩娥的真正目的是想成为别人关注的焦点。邻居们围绕着她的肚子饶有兴趣地问一些经验老到的问题，还做出了诸多预测。其实明眼人一看就明白，苏彩娥要生儿子了，为什么？因为她的肚子就像一口尖顶大锅，又突又坚挺。

听着别人的议论，苏彩娥托着腰让肚子高高挺起，那姿态活像酒足饭饱的支书在听取汇报，一股从未有过的自信和骄傲如烈酒上头把她带到飘飘然的境界。

龙婶却显得过分紧张，年轻时的遭遇像块冰凉的锐石时时敲击着她的心门，特别在看出儿媳妇怀的是个男孩后更加放心不下，怕年轻人没经验，一闪失成千古恨。不过紧张归紧张，龙婶的心情却从没这么亮过，阳光灿烂，万里无云，看什么都顺眼，说什么嘴角都在笑。

苏彩娥就放肆了，挑剔了，天不怕、地不怕地闹，不是嫌菜太油腻就是嫌米饭夹生，等着丈夫哄婆婆劝，才懒懒地张开嘴细嚼慢咽。对家人，她成天孩子长孩子短的，这是在邀功，是想"挟天子以令诸侯"；对邻里，广泛宣传，让他们都看个明白，她苏彩娥要为龙家栽根立后了。她渴望着他们都来为她鼓劲："苏彩娥，加油！苏彩娥，来一个……"

龙婶可不像苏彩娥把什么都搁在脸上，她更懂得"做雅粿"，把兴奋捂紧在心里，却把紧张明明白白地"做"出来。她要让乡亲们看清楚，她是怎么对待这个儿媳妇的，怎么对待未来的孙子的。这就是低调，这就是经验，这就是"姜是老的辣"，今后婆媳之间难免有马勺碰锅沿的时候，到时才有人帮她说话。

乡亲们并非瞎子，龙婶的表现全落入他们的眼中，记在他们的心头：她一天到晚围着儿媳团团转，出门时那是一身老红军的打扮，交叉背着一个绿色书包和一个军用水壶，左手拿着条湿毛巾，右手摇着把葵扇，风全向着儿媳妇，向着她未来的孙儿。苏彩娥爱吃瓜子，据说当姑娘时嗑多了牙齿变得不怎么齐整。龙婶就向邻居讨来了南瓜子，炒得香香脆脆装进一个小篮，走到哪里拎到哪里。苏彩娥的牙齿很灵巧，一把扔进嘴里，很快就变得仁是仁、壳是壳。仁吃进了肚里，壳子凑齐了，白花花地一口唪出。老实说，龙婶也很馋，但她一颗也不吃。她不是留给苏彩娥，苏彩娥只不过是个加工厂，加工一下就给了她的孙儿。

龙婶说多吃坚果好，瓜子就是坚果，补脑，补孩子的脑！

"几个月了？"常有人这么问苏彩娥，她的眼睛直直地望着前方像在反问自己，又像在重复别人，"几个月了？"

正当别人觉得奇怪，被她遮去了一大半的龙婶赶紧抬起头来咧着嘴答："六个月零八天了。"

那个时候的苏彩娥，冲凉时低头，肚子大得看不见脚趾头。

阴历十一月的一天中午，"哇"的一声响亮的啼叫，像个水漂儿从石巷的每个门洞前蜻蜓点水般地跃过。门缝和窗口一下挤出好些脑瓜，都朝龙家张望。

南方的初冬还暖洋洋的，龙家的花草依然茂密地涌出院子的墙垛，红的、黄的、白的、紫的，香透了幽幽的巷子。龙春的门楼前，大清早就树起一根蜡黄的竹竿，很牛气地挑着一挂千头大鞭，红艳艳的一直拖到地面。地上扔着撕开的红纸，那神气已经箭在弦上不得不发了。可是，啼叫声过了一会儿，孩子们捂了好久的耳朵，大人们也都屏息细听，那大鞭像故意跟他们作对似的就是不肯爆响。到了晚上，龙春才像个猫儿闪出来，扛着它狼狈地往里跑。

苏彩娥的确生了。接生婆白大婶长出一口气，她在这个肚子大得惊人的产妇身上奋战了好几个小时，孩子才被连掏带挤地弄出来。望着那个红红的肉团，苏彩娥连喊疼的力气都没有了，几绺乱发贴在她的眼眶里使它显得更加幽深恐怖，汗水、泪水、鼻涕湿亮亮地涂抹了一脸。她的指甲在婆婆的手臂上留下了小括号似的累累伤痕。

"恭喜恭喜，是个千金。"白大婶边用毛巾抹了下汗边说。在一旁帮忙的龙婶怔住了，怎么可能？一定是老白老眼昏花没看清。她冲上前掰开孩子的腿根。

闻声跑进屋里的龙春看见母亲的眼睛像停电的灯泡暗了下来，眼神跟着散了，啪的一声手里的湿毛巾落地。她缓缓地撞开堂屋的门，跌跌撞撞地栽进屋外的阳光里。

　　苏彩娥微微睁开眼，看到了那个伛偻的背影，它宛如一段檫木很深地竖在她的脑海里。

　　院子里阳光汹涌，晾在绳子上的屎尿布像一面面白旗，被风卷起来又落下去，几只苍蝇嗅到了产妇血水里的腥气和咸味，像小飞机一样在阴沟上盘旋。

　　龙婶的脸涨成了猪肝色，嘴巴抿得很紧，尖锐的目光像两枚钉子死死地钉在堂屋的窗上。从那天起，她没再踏进里面一步，整个人跟丢了魂似的。

　　"肚里原来装的全是水，没鬼用。"

　　龙春听到母亲用鼻孔又冷又重地哼了一声又一声，像是故意说给儿媳听。

　　"坐腊"（坐月子）的日子，人们习惯用艾叶烧水给产妇擦身。龙春寻了半天才在灶边找到苏家送来的艾叶，它差点就被母亲塞进了灶洞里。

　　堂屋密不透风，到处洋溢着奶水的腥气和孩子的尿臊味。苏彩娥两耳不闻窗外事，竭力用母性的光辉去照耀孩子，不让她有半点委屈。孩子似乎也理解了母亲的难处，知道自己是个丫头，不可能得到太多的娇宠，所以卖力地吃、静静地睡，不吵也不闹，女儿乖巧的表现给初为人母的苏彩娥以莫大的安慰。到了第七天，"开荤"了，龙春给妻子端来热气腾腾的鲜鱼汤，还有一碗垒得尖尖的猪蹄炖花生。苏彩娥舀了口汤含在嘴里，没咽下去，委屈的泪水吧嗒吧嗒地掉下来。她觉得自己嫁给龙春是幸运的，可摊上个不讲理的婆婆又是不幸的。

从小孩子呱呱落地的那天起，苏彩娥一有空就盘算着，如何治一治这没肝没肺的老东西！

第四章

苏彩娥生下孩子的当天下午，龙春提着七个红鸡蛋和一只老母鸡到岳父岳母家报喜。

岳母正怒气冲冲地跟岳父说着什么，看到女婿满头大汗地进来就收了声，飞快地朝他手上瞟了一眼，明白了。

"生丫头，也好。"珍嫂面无表情地说，像在安慰，又像在批评。

苏支书不说话，接过女婿递过来的烟，用两片红红薄薄的嘴唇衔住，又低下头把烟头探进女婿用手掌罩住的火焰里，吸了一口，再狠狠地吐出来，像要把心头的郁闷一并清干净。那白烟缭绕着，在半空中画了个小丫头的模样儿。

"好，妇女能顶半边天。"苏支书的语气是肯定的，是鼓励的。外孙女的诞生马上又让他想起了另一个小丫头，她都有两岁了。最近有些风言风语，说苏支书已经把那小丫头的母亲搞掂了。"搞"就是弄上床的意思，"掂"就是红旗插在高地上拿下了。刚开始苏支书很生气，这怎么可能？但原因又说不出口。后来细细一想又心平气和了，说吧，传吧，说明你还是大队的核心，还是别人关注的焦点。

但这样的话传到珍嫂的耳朵里就不一样了，她哦地叫了一声，若有所悟。

自从生了苏冠军，苏支书在珍嫂身上花的工夫就越来越少了，好像提前完成了任务，剩下的是饭后买包子——可有可无。可是珍嫂的身体不答应，它如狼似虎，穷凶极恶，把自己折磨得死去活来。这种事怎么说得出口？只能不断地给丈夫一些暗示。珍嫂是个粗人，这细腻的活儿本来就做得不到位，偏偏苏支书又装聋扮哑，置之不理。床上的事，做得越多就越上瘾，做得少了就一天淡似一天，到后来谁也懒得动一下了。珍嫂就把精力转移到家务事上，管好一个家，带好两个孩子。要有人想找支书办事，又怕他原则性强，就找她。她的枕边风一吹，还真管用。大队的几个支委也常聚在苏支书家，吃什么、喝什么，全由珍嫂一手安排，所以平时隔大老远的，就嫂子嫂子亲热地唤着。

龙春来得不是时候，岳父岳母正闹矛盾。岳母不肯相信岳父会去拈花惹草，但又无法排除这种可能性，只能避实就虚，指责丈夫装了一肚子墨水怎么就不晓得"寡妇门前是非多"的道理，去关心她干什么？龙春一来，苏支书就暂时获释。作为一家之主，他要陪龙春到厅堂喝茶。

一坐下来，龙春才感觉到自己有多累。仅仅添了个孩子，事情怎么就多得做不完？母亲已经撒手不管了，还时不时地给他脸色看，好像他和苏彩娥合伙欺骗她似的。苏彩娥对他也没什么好声气，她把对婆婆的不满发泄到他身上，她又好像在报复婆婆——你欺负我的丈夫，我就欺负你的儿子。

倚在弧度适中的椅子靠背上，龙春把脑袋尽量地往后仰，让四肢最大限度地舒展开来。他咂着逗留在舌尖上的"一枝春"的甘香，让"大前门"暖暖的烟雾抚摸着胃壁，再依依不舍地从鼻孔里释放出来，太惬意了，太他妈的享受了。他轻轻地叹了口气，心想岳父家的生活那才叫生活，那才叫充满阳光。

岳母拿着给外孙的"开生"礼物走过来，龙春急忙挺了挺身子站起来，恋恋不舍地结束了这短暂的享受，又要回去过那牛马不如的生活了。

来时，他走石桥，兜远了。回去，岳父安排了条小舢板送他，就在清水河的老码头上。

从一开始，苏支书就对龙春没什么好印象，原因是他喜欢以貌取人。他老爱拿龙春跟自己年轻时做比较，那怎么比得了？天差地别，真是"人比人，气死人：。那会儿的苏世珍长着一张白面书生的脸，细长的眉毛，细长的眼睛，鼻梁又高又长，嘴巴小小的，嘴唇薄薄的，十分精致。倒是珍嫂没什么人样，长着张柿饼脸，五官扁平，嘴唇又黑又厚，少女时期的婴儿肥一直延续到她出嫁以后，矮胖矮胖的。苏世珍年轻时在姑娘们的眼中绝对是块肥肉，珍嫂夹着羞涩，吃着欢喜，为此她把许多姐妹都给得罪了。她们撇着嘴，说珍嫂除了胸前那两坨肉大一点外，有哪点比自己强？也不知下了什么迷魂药，三下两下就把苏世珍给撂倒了。

刚结婚时，苏世珍还在公社写报道，他的笔头很好，人又勤奋，一篇篇锦绣文章通过播音员谢苗苗嘹亮而高亢的声音，播种一样地深入到每个人的耳朵里。据说有些字又生又僻，连谢苗苗这样的高中生都不认得，她就压低嗓门蚊子一样哼哼唧唧地飞过去。苏彩娥出世后不久，苏世珍就当上了月窟大队的支书。岁月总是偏袒男人，更何况他特别注重自己的形象。家里没熨斗，他就让珍嫂用一把盛满开水的口壶来来回回地压平衣服上的褶皱。他还深谙养生之道，知道蜂蜜、荔枝、鸡蛋清和一些药材的妙用。有人说他每天必须吃两个生鸡蛋，所以放出来的屁里夹着股鸡蛋味。在苏支书的脸上，时间的确没有留下太多痕迹，他几十年如一日，神采奕奕，玉树临风。

第一次站在岳父面前，龙春自惭形秽，皮肤显得更黑，个子显得更矮，看上去比他还要老。苏支书狠狠地瞪了前来说媒的老艄公牛奋强一眼，就差把他们轰出去。但是隔墙有耳，神差鬼使，苏彩娥一下子竟迷上了龙春的直率和口才。面对苏支书夫妇，强敌当前，龙春却表现得不卑不亢，不慌不忙。他说他没什么"好家底"，人也长得不好看，找对象不容易，他还说自己之所以抱着一线希望前来，是因为听说苏彩娥是个聪明的姑娘。接着他话锋一转，说相信聪明的姑娘找对象不光图外表，对自己好那才是顶顶重要的……他既说了实话，又拐弯抹角地捧了苏彩娥，最重要的是她听后觉得十分受用。

珍嫂偷偷地溜进堂屋，把躲在门边的苏彩娥吓得手捂胸口缩成一团。珍嫂低声说："出去看看吧，'人事'倒是没的嫌，就是样子……"苏彩娥就问："难看到什么程度？"珍嫂想了想说："又矮又黑，好像戏里的宋公明。算了，你自己看吧。"说完珍嫂先出来了，在西厅坐了一会儿，探出脑袋喊了一声，"彩娥，快过来给客人加水。"

苏彩娥只好出来了，心扑扑地乱跳，好像有一件什么事情就要发生。她去给龙春续水，眼睛慌里慌张地扫了一下。离得那么近，她能看到的也只能是局部。那一眼，却刚好叫龙春的目光撞上，生吞活剥了。就在电光石火的一刹那，她灰暗的内心亮了一下。他的目光又不慌不忙地落到她的左手，但还没来得及看清是哪根手指残缺，白瓷壶已经被抽走了。龙春走后，珍嫂还想征询女儿的意见，苏支书已经一票否决，他的嗓门很大，带着尖溜溜的声气，有点像女人。

"还用问吗？肯定不行！"

苏彩娥却不盲从，她是有主见的，在这点上她跟父亲特别像。到了晚上，珍嫂的枕边风就吹起来："女儿的意思还是想交往……"

苏支书翻过身去，含混不清地说了一句："饥不择食。"

珍嫂嫁给了苏支书二十多年，最大的收获不是学会如何使用权力，而是恶补了文化素养——很多成语不仅明白了意思，还能脱口而出。在她眼里，丈夫是长着两条腿的书橱，是一本《十万个为什么》。新婚之夜，她从他那里学到了第一个成语。那时候苏支书还嫩，"睡觉"的知识多源于晒谷场、田埂边的那些"咸古"（黄色故事），鸡零狗碎，实践更是为零。他像个馋嘴的孩子猴急地剥开糖果一样剥开新娘子的衣衫，才刚上去就一个哆嗦，好似压了重货的车子吱吱地往后滑，轮胎瘪了。他沮丧地对她说了那个成语："操之过急。"

刚开始的那几个晚上，他像个大老粗，拿起笔来乱戳，就是写不出像样的文章。好在他并不气馁，"世上无难事，只要肯登攀"嘛。他不停地思考,不停地摸索,终于学会如何去控制情绪。如果说欲望是一匹野马,那么情绪就是马鞭,不扬鞭它就不奋蹄,鞭子使得太狠又容易失去控制。干什么事,最难把握的是它的"度"。要想让马儿慢些走,就要在亢奋时想点伤心事儿——他想得最多的是父亲得了胃癌后的难受样。苏支书觉得自己简直是大逆不道,竟然把快乐建立在父亲的痛苦之上。好在他是唯物主义者,知道父亲不可能回来找他算账。对于丈夫的挫折,珍嫂没有一丝怨言,她全力以赴地配合他。他们终于成功了,终于比翼双飞了,终于从"死去"中"活来"了。在这场艰苦的斗争中,珍婶从丈夫那里学到了第二个成语,那就是"坚持不懈(泄)"。

在苏彩娥的终身大事上,珍婶坚决维护女儿的合法权益。自从八岁那年,女儿的一根手指让鞭炮炸飞了,她就很自责、很内疚,暗暗地放纵起她来。好在苏彩娥脾性有点像苏支书,不事张扬,寸寸是法,并没有什么好让她担心的。

"女儿的事,由着她吧,咱们别管得太宽了。"珍嫂的话说了好一会儿,不见反应,知道丈夫睡着了,这事,他基本上不插手了。丈夫在外面呼风唤雨,累极了,回到家啥都不想管。倒是那些在外受气的男人,喜欢回家耍耍威风。作为丈夫,苏支书是合格的,他从不拈花惹草,享有一个好名声。当然,事物是辩证的,在床事方面他的确少了点男人的凶悍。他像个欠账的人能赖就赖、能拖就拖，弄得她老抚镜自问："自己是不是不够那个，勾不起他的'性'趣？"

相完亲，从苏家出来，牛奋强顶着一头苍苍白发，边吸着烟锅边埋头往前冲，好像龙春丢了他的脸一样。

龙春却还怀着一丝希望，这希望是苏彩蛾从眼神里给他的。他想好了，让南川大队的舅舅郭正楷去打探虚实。郭正楷当过苏彩娥的班主任，和珍嫂还很熟。老郭接到任务后相当激动，他太想玉成这门亲事了，太想成为南川大队的"国舅爷"了。

苏彩娥可不想把自己当成存仓货尽快处理掉，她要好好地考一考龙春。找男人光看人好不行，还要有智慧。她就玩了个新花样，人无她有，非常独特，还沾了点文化味儿。她板着脸，用笔在老郭的手心写了五个娟秀小字说："拿去给你外甥看。"把那个中学教师弄得一头雾水。

龙春一瞧，她还会谜语呢。

"随人说长短，"想了想，对舅舅说，"她是说我'不自量'。"也找了支笔，在舅舅的另一手心歪歪扭扭地写了个"相"字。

苏彩娥一看不由心花怒放，心想这矮冬瓜还真有两把刷子。

"什么意思？"老郭看着满面春风的学生急切地追问。

"合心想。"苏彩娥脱口而出，脸立刻红成了灯笼，她清了清喉咙，故作严肃地说，"回去告诉你家外甥，'我还太年轻'。"她把后面那五个字咬得又重又狠。

龙春听后竟大笑起来，"'妙'，她说'妙'呀。"

就这样，两个年轻人通过猜谜达成了默契，很快就直奔主题。

见女儿开心，当母亲的也跟着开心，知女莫若母，别看苏彩娥容貌普通，却自视颇高，要龙春没有内才，就算长得英俊她也不会看上他。

珍嫂心里踏实了，就放手由他们去发展。

在苏家的两个孩子中，真正让珍嫂操心的还是小儿子苏冠军。初中一毕业，苏冠军就把书本扔进了茅坑里，火热地投身到劳动中去。几天的新鲜劲一过，马上蔫下来，把锄头一扔骂了声"老子不干"，就真的不干了，没人敢再给他派工。时间一下子泛滥，哪里热闹他就往哪里扎。嘴痒了，手也痒，浑身长虱子似的痒了，就纠集起一帮小哥们儿，到处撒野，今天宰别人家的鸭子，明天剪某个姑娘的辫子。有天夜里偷喝了点酒，他被哥们儿怂恿着竟爬到那个漂亮寡妇的墙头上去唱歌。有人把苏支书喊去，因为苏冠军只怕他一人。苏支书把儿子从墙头上推下来，拽着他的招风耳去向寡妇认错。当着好多人的面，左一下、右一下把儿子打得东歪西倒眼冒金星。

这件事传到珍嫂的耳朵里，她火冒三丈，戳着丈夫的鼻子骂："虎毒不食子，小孩子懂什么？你竟这般狠心，当着那狐狸精的面下此重手！"

苏支书摇了摇头百口莫辩，想了想说："真是妇姑勃豀。"

这下珍嫂听不懂了，虎着脸尖着嘴问："啥意思？"

"不懂了吧？"苏支书背着手得意地说，"就是为些鸡毛蒜皮的事吵架。"

虽然一来苏家，又是好茶又是好烟，但龙春有自知之明，岳父从来就没把他当回事。结婚到现在，苏支书只去过龙春家一次，屁股还没坐热就走了。倒是珍嫂时不时去看望他们，嘘寒问暖。珍嫂一般是上午来，牛奋强替她摆渡。到了对岸，约好时间，珍嫂直奔女儿家，牛奋强也上岸到处转转，碰到熟人就坐下来喝杯茶聊聊天，看到差不多就起身，自豪地说："苏支书的老婆还在等我哩。"大伙就笑起来："牛奋强，这么多年了，你还是这德行。去等珍嫂就去等珍嫂，偏要倒过来说。"

龙婶敬重珍嫂，听到亲家母要来，不管透风下雨她都会守在巷口，像个老兵激动地等待首长来视察。远远地一瞄见人影，她的那把高音喇叭就马上响起来，"亲家母，来了哇，你看你，还大包小包的……"

龙婶的话是说给隔墙的耳朵听的，让左邻右舍都知道，龙家不一样了。

珍嫂一进家门，龙婶就忙个不停，用袖子抹抹椅子看座，又端来糖鸡蛋、长寿面，看得苏彩娥心头发出阵阵冷笑，这戏也演得太过了吧，是圆是扁谁不知道呀。好在珍嫂不是苏彩娥，她表现出一个支书夫人可撑船的肚量和一个中年妇女的沉着老练。她把每一句话都说得恰到好处，暖透人心。她的每一个手势，都表现出领导到贫下中农中去的风采。

跟岳父相比，龙春更喜欢岳母一些。岳母开朗直爽，有什么说什么，不像岳父有点娘娘腔，说话阴阳怪气的，一脱口就是政治话，给人感觉像在听他读报纸。

今天，给龙春摆渡的仍然是牛奋强。他都七十好几了，还老是狗嘴吐不出象牙，好在他为人懒散，也没人跟他计较什么。

龙春把手里的东西放好，扔给他一根烟，自己也点了一根，坐到了船头。

这时候，石阶上响起了急急的脚步声，还扬起了白粉粉的尘土。牛奋强不好意思地看着龙春，又不好意思地开了口："她想搭你的顺风船，给不给？"

龙春从蓝白的烟雾中抬眼一看，一片绯红的晚霞正好落在一张好看的脸上，似曾相识。

## 第五章

想搭船的女人叫江凤凰，两三年前龙春就认识了。那时候，南川和月窟两个大队的关系还不错，用苏支书的话说是"一奶同胞，唇齿相依"，为了方便社员们的往来，促进两个大队的交流，就启用了清水河两岸荒废的码头，由大队各派艄公轮流摆渡。

正月里，农村人兴"做人客"，就是走亲戚。龙春要去南川大队给舅舅拜年，而江凤凰也从月窟大队的亲戚家想赶回去，两个人就坐在了同一条船上。那个早晨寒风呼啸，刀尖似的刻画着紧绷绷的脸皮。河岸在人们的视线里瑟瑟缩缩地移动，树丛淡了，房屋远了，河面慢慢地呈现出一片种烟波浩渺的荒凉。船上人多，歇过一夜，嗓子痒了，唱"乌面（净）"似的大声嚷嚷，与其说是聊天，还不如说是为了暖和一下身子。小孩子没人管，猫狗似的在大人的裤裆下钻来钻去，捉迷藏。

"囝仔鬼，小心点，掉下去我可救不了你。"牛奋强大声地警告。小孩子只管释放心头的快活，哪会把他的话当回事？

牛奋强摆了多年的渡，每天要十几个来回。他舞着长篙、摇着橹，风里来雨里去，脸皮变皱了，皮肤晒黑了，胡子也霜白了。儿女拉、孙儿拽，劝他别干了，安安静静享几年清福，可他停下几天，手像摸了山芋似的痒得不行，又跑到苏支书那里去请战。他把话说得很悲壮，什么老黄忠七十还披挂上阵，他何惧之有？苏支书心想你一个小小艄公，怎能跟蜀国的虎将相比？虽暗暗笑他，但还是让他发挥余热。

那天，江凤凰穿了件红底白花的棉袄，梳着两条圆滚滚的辫子，两尾辫梢用红绸结在一起，像歇着一只红蝴蝶。指甲尤其惹眼——快到春节了，家里就不让她干活。每天睡觉前，她就将指甲裹在浸有凤仙花汁的棉布里，第二天拆下，红艳艳的像开了十朵小花。

船旧，人多，水吃得深。江凤凰挨着船舷对着流水发呆，不知是想着心头的人儿还是那件没赶出来的嫁衣。有个孩子冲过来，一下就把她挤进了河里。河水蛇一样从衣领、袖口、裤脚钻进去，咬着她的肉、嚼着她的骨。她想叫想哭，却被河水软软地堵住了喉咙。船上的喧哗渐渐远去，她心想完了完了，可牛奋强却不肯完，他苍凉的声音打雷般地从人们的头顶滚过："救人啊，快呀，怕死鬼……谁要救了她，她就嫁给谁，我认得她，我能做主……我拼了这副老骨头……"

扑通一声，凝冻似的河面腾起了拳头大的浪花。

大家往下瞅，水里多了个黑黑的后生，他甩开又短又粗的胳膊三下两下游到江凤凰落水处，深深地潜了进去。给大家的感觉，隔了好久好久，水皮才被一个脑瓜儿撞破了。大家认得就是落水的那个姑娘。他们七手八脚地将她拽上来，再去拽那黑后生，他却自己爬上来了。

"都给我转过身去！"牛奋强吼了一声，很威严，船板上登时响起熙熙攘攘的挪动声。

"后生仔，好事做到底，"他拽了拽龙春说，"你，把她反背起来。"

冷得牙齿敲起了快板的龙春犹豫不决地把脱剩一件薄衫的江凤凰反背起来，她鼓胀胀的胸脯还在他脑海里波涛汹涌。牛奋强不停吆喝着，双手往江凤凰的肚子按压使力。哇啦一声，暖烘烘的江水和未消化的饭粒溅了龙春一脚。他把她放下来，她站不稳，瘫了下去，乱发披垂，眼睛如死鱼，双手死死地抓住船舷，咳嗽着、干呕着、喘息着、战栗着……

龙春赶紧脱下棉袄披到她的身上，心底里有股暖热的东西化开来，反而不觉得冷。

江凤凰蜷缩成一团，惶恐不安地看着他，那可怜的眼神筋络般地扯痛了他。

时间一点点地过去了，红晕像朝霞一样开始在她的脸上浮现、化开，黑紫的唇也变柔软了，饱满了，鲜红了。她像是缓过劲来，有了哭的力量，哇的一长声，好似一泻千里的飞瀑那样煞是壮观，大家的目光又落在她的身上。只有龙春不敢去看，可她那裸露的肌肤仍光斑似的在眼前跳跃，就像灌进了几大碗辣辣的老酒，喉咙头、身子骨火烧似的，那非分的野心竟放肆地膨胀起来。

"妹仔，别哭了，"牛奋强摇着橹说，"捡了条命，算运气了。"又说，"多亏这后生哥救了你，你要是没定亲，就嫁给他吧。"

船上马上响起了咯咯的笑声，把冷飕飕的空气搅得暖烘烘的。龙春窘得抬不起头，但又忍不住一遍遍地偷看江凤凰，心像插上了翅膀撒欢似的飞向未来。

船在南川大队的码头靠岸了，牛奋强又对龙春说："她走不动，你干脆背她回去吧。"

"好。"龙春红着脸却答得十分爽快。这个光荣的任务

要是落到别人手里，他会把肠子悔青的。江凤凰却不肯，坚持
自己走，可没走两步就瘫倒了。他就不由分说地把她背起来，
迈开大步向前走。她个子比他还要高一点，少说也有百斤重，
屁股一坠，两只脚快拖到地面。每走一小段，他就要用力往上
簸一簸。一开始她还昂起头，好像这样可以跟他保持距离。但
很快她就不得不把脸埋进龙春的后背，为什么？怕被路人认出
来。龙春呢，满不在乎地，心底里更是神气活现地回应那些好
奇的目光："瞅什么瞅？没见过猪八戒背媳妇啊？"

那天龙春如有神助地把江凤凰背回家，还没吃完她哥嫂煮
的"压惊甜蛋"，就急匆匆地走了。他把给舅舅的"入门笑"
落在了船上。

一天、两天，龙春什么事也不想干，满脑子全是江凤凰，
只要门外稍有响动，心就抽紧了，以为牛奋强说媒来了。到了
第三天，他没了耐性，大骂那个糟老头说话跟刮风似的，拿别
人的终身大事当儿戏。骂完了又骂自己，一没钱二没势三没好
人胚，怎么配得上人家？他越想越凄楚，越想越来气，不把这
事弄个水落石出，这辈子恐怕不会死心。

第四天一大早，龙春穿戴齐整，强打精神，跑去猪肉铺给
江凤凰买猪肚。卖肉的猪头炳劈头就问："听说你救了个美人
儿，是不是真的？"

龙春含了蜜似的笑而不答。没想到那小子不怀好意地说：

"听说你把人家的舌头嚼了，身子也摸了，王保管都想把你给骗了。"

龙春这才知道，江凤凰已经跟她同大队的王更生定了亲，心一下子凉到了骨髓里，手一抖，猪肚落地，叫一条脱了毛的大狗给叼走了。

龙春后来没去江凤凰家，而是上了牛奋强的夜船。牛奋强正要把空荡荡的木船摆回南川大队，龙春一个箭步跃起，把船震得左右乱晃。他气鼓鼓地给自己点了根烟，让红红的烟头在月光下明灭。牛奋强老眼昏花认不出是谁，还问："这么晚，还到南川大队去呀？"

龙春冷冷地答："是，娶媳妇去！"

牛奋强好奇了，问："谈了谁？"

龙春就将一只手浸到刺骨的水里，一字一顿地说："江、凤、凰。"

牛奋强呵呵地笑起来："骗人！人家早就许给了王保管。"

龙春霍地站起来指着那张老脸叱喝："你知道她许给了王保管，怎么还拍着胸脯说废话，什么谁救了她她就嫁给谁！"

牛奋强停下手头的活儿凑近一看，是龙春，马上明白来意，就难为情地解释说："情急之下，情急之下呀。"

为了给龙春消气，牛奋强摘下了酒葫芦双手递到他的嘴边。龙春正委屈着，也不客气，一仰脖子就把酒喝光。船荡到了河心，牛奋强停下来了，又递给他一根烟，自己也点了一根，小口小口地吸着，听着龙春抱怨命运的不公，都二十好几了还打着光棍。牛奋强突然拍了下大腿，把龙春吓了一跳："有了。"龙春忙问："有什么？"牛奋强又说："就是她了。"龙春更急了："她是谁？"牛奋强说："我们苏支书的女儿。"

龙春蔫了："老叔，你又拿我寻开心了不是？"

牛奋强却正经八百地说："我跟珍嫂熟，这事由我去说，准成。只是，她家闺女只有九个手指头……"

龙春带着几分醉意地说："老叔啊，人无完人嘛，九个就九个……你这是什么酒啊，上头好快啊……"

娶了苏支书的女儿，牛奋强立了大功，但龙春对他却没有多少感激。龙春老暗暗拿苏彩娥跟江凤凰比，比较的结果不是得到什么，而是失去什么；好不容易才消失的那股怨气又卷土重来，好像老头子的谎言还在继续伤害着他。

江凤凰看见龙春，愣了一下，认出了救命恩人，就有点不好意思了。自从他救了她，谣言如影随形地跟着她，弄得丈夫王更生整天疑神疑鬼，她哪还敢跟他有联系？但在内心深处，她一直过意不去，觉得把他给连累了。好在人家摇身一变，成了苏支书家的乘龙快婿，真是好人有好报啊。

王更生跟苏支书的关系很好。一个是保管，一个是支书，一个管钥匙，一个掌大印，能不好吗？他们经常躲在仓库里喝

酒，喝得太晚就干脆在仓库草草将就一晚。仓库里有一张床，
就在中午或那会儿发挥作用。那张床很大，也很干净，铺着
格子布，平时用一块更大的蓝布遮住，谁也不能往上坐。暗地
里大家都知道王更生有洁癖。有一年公社的吴书记来检查工
作，很亲和地给每个人派烟，王更生推说喉咙疼没要，等书记
走后又猛抽自己的。王更生请江凤凰家的"大人"看"家风"
时，她嫂子就吃了一惊，一条光棍汉，竟把屋子收拾得如此干
净——被单雪白雪白的，找不到一个斑点；锅锅盖盖、盘盘碗
碗被擦得亮锃锃的闪着光。她又用指头揩了下椅子下面，竟无
一丝灰尘。江凤凰的哥哥一下就坐在人家的床上，起来时王保
管蹙着眉，不停地用手掸着，像上面糊了东西似的。

　　"比你弄得还干净吧？"一出门，江凤凰的哥哥就对他
老婆说。那女人吊着嘴角冷笑："要是我妹才不让她嫁这种人
呢，以后累都累死了。"

　　新婚之夜，王更生没有亲过江凤凰的嘴。江凤凰觉得他肯
定是听信了什么谣言，嫌自己脏，从那一刻起她就明白，往后
的日子不好过了。

第六章

在潮汕平原的农村，生男孩是件无上荣光的事，不仅仅母凭子贵，家庭乃至整个家族也都感到荣耀，好像势力增强了，根基牢靠了，地位稳固了。生男孩叫"添丁"，在潮语中，"丁"和"灯"同音，所以在中华人民共和国成立前，各乡镇总要在元宵之夜举行隆重的"上灯"活动，以庆祝男孩的降生。那天夜里神庙宗祠就会花灯高挂，一时灯烛辉煌、鼓乐喧天，父母抱着当年出生的儿子站在自家挂起的灯下，接受行人的注目礼和亲戚朋友的祝贺。中华人民共和国成立后，很多习俗不存在了，但喝"满月酒"的习俗仍然保留了下来。生女孩，当然就没有摆酒的资格了，可苏彩娥偏不信邪，不能摆，我偏要摆！傻瓜都知道她是冲着婆婆来的。龙春劝她"算了吧"，苏彩娥细眉一挑："怎么能算了？新社会，男女平等。男人能干的，我们女人也能干。"

龙春突然想到了什么，呵呵地笑起来。苏彩娥就推了他一把，挺带劲的，弄得他的后脑勺差点碰到衣橱上的镜子。龙春就有点火了，大声问："男人站着拉尿，你们也这么干吗？"

苏彩娥飞起一脚，差点踢中他的要害。龙春梗着脖子，眼里溅出火星，但一想到她生孩子吃了不少苦，也就算了。苏彩娥转过身去，抱起了女儿龙盼盼，大脸贴小脸，两张脸竟有几分相似，她边摇着她边凄凄惨惨戚戚地说："爹不疼你，娘疼你。娘给你做满月酒，长大了你嫁到哪里，娘就随到哪里，不要你这个臭老爹。"

龙盼盼被吓醒，瞪着蒙眬眼四下张望，突然哇地哭起来。苏彩娥偷偷地瞟了丈夫一眼，更卖力地哼唱："宝宝别哭，娘知道你懂事，心疼娘，怕什么？你爹要是不要咱俩，咱俩就搭个窝棚一起过……"

龙春才当父亲，还不明白"瓜是吊大的，孩子是哭大的"的道理，孩子的啼叫揪心揪肺，苏彩娥的怨言就像搁在揪心揪肺的背景下，倍增其哀。一个是将要白头偕老的伴儿，一个是心尖尖上的嫩肉，龙春闭上眼睛，摆了摆手，一副惨不忍睹的样子，哪还有什么脾气？

"我娘同意，你就摆吧。我都说摆了，喜事嘛，哭什么？"

谁都清楚，生女儿摆满月酒只有搁在女儿国才算合理，在月窟大队，在樟东公社，甚至在整个潮汕平原都找不到先例。龙春知道母亲这头不可能说通。可是，他也不能肯定这事一定成不了。他太了解妻子的脾气了，她说到就要做到。

不管这满月酒摆成摆不成，反正紧箍圈已经套在龙春的头上，只等着母亲和妻子轮流着念咒。

母亲那边，龙春本来不敢去说，无奈苏彩娥不停地施压。从小耳濡目染，苏彩娥明白许多人的思想原本都不通，是给"做"通的。

听完儿子支支吾吾转达儿媳妇的要求之后，龙婶纹丝不动，过了好久才从鼻孔里喷出了一声冷笑："你是疯了还是癫了？这种事也来问我，就不怕被别人笑掉大牙？"

"你的意思是——"龙春还硬着头皮问了一声，那俯首帖耳的样子实在可怜。

龙婶一个指头狠狠地啄在儿子的脑门儿上："你呀——"一副恨铁不成钢的样子。龙春的心松弛了一下，立刻又绷紧了，因为他看见母亲的嘴巴一下子拱成了山尖，又哗地咧开，根据以往的经验，马上就会喷出烫死人的岩浆。

　　"不怕把龙家的脸丢尽你就摆吧，甭来问我！"

　　苏彩娥看见丈夫掀起帘子，差不多是横着脑袋进来，知道没戏了。她原本就没有指望这个孝子能说服那个冥顽的老太婆。这一锤的作用不是要定音，而是敲山震虎，好叫婆婆有个心理准备。

　　龙春把贴着头皮的发茬抓得沙沙直响，嘴巴一张，就被妻子的五根手指捂住了。她把孩子放到了床头，又很肉疼地亲了一口，亲出一道湿湿的印子，然后转过头来眼里已积满了幽怨。

　　"不用说，我知道。"

　　话音伤感而又失落，就是没有半点责怪他的意思。他更觉得自己百无一用，满心内疚，泪珠快要从眼角颠出来。

　　苏彩娥走上前将丈夫紧紧地搂住，以谢谢他对她的支持。他的下巴就抵在她的肩上，一股股奶香熏得他快流鼻血。他的两只手摸着她的丰乳、她的肥臀，感觉到她已经脱胎换骨变成了真正的女人。突然间，他的脑子里又闪电般地掠过了另一个女人的身影，她的皮肤白如鲜奶，怀揣两头小猪，轻轻一笑，两头小猪就四处乱窜……

　　苏彩娥用一只手钩住丈夫的脖子，另一只手像把梳子来来回回地梳着他的短发。

　　"要不要尝一尝？"她柔声柔气地问。

　　他头皮哗地炸开来，还真低下头嘬了一口，感到了一股受不了的腥气，就急急地啐出来。他不明白，这样的怪味道小孩子怎么喜欢吃。

"不好吃？那就别吃，省得跟你女儿抢。"她边说边痴痴地笑，挺招人的，把龙春痒得快不行。他眼睛喷出火，一把将她放倒在床上，近乎蛮横地说："我要。"

她敛住笑坚决地摇头："不能。"

"还要多久？"

她竖起两根指头。两个月？他的头一下子就弯了下去。

"要不这样吧……"她红着脸说。他的心头又掀起一阵狂喜，憋涨了很久的冲动随着热血涌上来。她用两个奶水充沛的乳房帮他夹住，后来奶水和那黏液就白亮亮地涂了一片。

龙春从没有这么刺激过，酣畅过，淋漓过。

孩子醒了，苏彩娥把她抱起来，边喂奶边说："你仔细看看盼盼，都说像你，一个模子里拓出来的。"

"像我就不好看了。"龙春嘿嘿地傻笑，他还在回味刚才那个惊心动魄的过程。

"瞎说，不好看我会嫁给你？"苏彩娥娇嗔起来。

龙春还是嘿嘿地笑，笑完了，咬着唇又放开来，冷不丁地说："老婆，我还想来一次，行吗？"

"呸！馋嘴猫。"

嘴上虽这么说，待女儿睡着了，她还是帮他来一次。这次缓和多了，像船到中游水流不再湍急，翻不起多大的浪，也可能是他故意磨洋工想多享受一会儿。她就把它放下来，他以为她不肯，正想求她，没想到她竟一口将它吞下。

摆满月酒的事，龙春彻底地同意了，而且还在吃晚饭时表了态，坚决拥护苏彩娥同志的英明决定。龙婶简直不敢相信自己的耳朵，她直愣愣的眼神倒把龙春给镇住了。

"娘，你没……没事吧？"龙春惶恐不安地问。龙婶把举在半空中的碗往桌上响响一蹾，霍地站起来，过了好一阵子才梗起脖子回了一句，"谁敢摆酒，我就吊死在这屋檐下！"

一股充满了死气的阴风在龙春的背脊打旋，他清楚，为了某个原则性的问题，母亲也是可以说到做到的。

对于婆婆的威胁，苏彩娥却没当回事，她满怀信心地对丈夫说："她不肯，就搞到她肯。"这个"搞"字是她父亲嘴上的常客，它象征着斗争的复杂性、长期性和艰巨性。她还有张好牌，那就是龙春的舅舅、龙婶的弟弟郭正楷。

珍嫂拗不过女儿，还真向郭正楷开口了。老郭怔了一下，稀奇，得千金也要摆酒。但是，他马上就拐过弯儿来，支书夫人说什么都是合理的。他就咧着嘴笑，露出了一口烟熏茶染的黑牙。

"好，有意思，有意思。"

当天，老郭就到月窟大队去，为了表示重视，珍嫂还特地派牛奋强用船把他送到对岸。

　　弟弟的突然来访让龙婶警觉起来，没时没节他来干什么？一定有事。

　　老郭可没有想到接下来会有那么麻烦，他以为只要宣读支书夫人的"懿旨"，按照姐姐的性格，一定会满口应承。可是今天姐姐像吃错药，不但一点面子都不给，还把他狠狠地臭骂一通。

　　"前前后后左左右右你问去，要有哪一家这么办过，我躺在地上让你踩、让你踢。"

　　老郭刚开始并不恼火，他把珍嫂托给她的礼物一件件地亮出来，有几对金黄的潮州柑，有一盒云片糕，还有四罐牛肉罐头。那时罐头还是很稀奇的，它代表着一种身份，十分尊贵。老郭轻轻地用指甲弹了弹黄黄亮亮、依稀照得出人影的铁皮，摸摸包装纸上那馋人的肉片说："姐，我可要提醒你一句，你家的媳妇不是普通人，她是支书的女儿。"

　　"支书的女儿怎么啦？就可以满大街屙尿拉屎？"龙婶愤怒地扯着喉咙说。

　　老郭还是没有生气，他眯着眼望着瓦蓝的天说："珍嫂说了，破字当头，立也就在其中了。"

　　龙婶听不懂，就阴着脸，双手抱住膝头不吭气。

　　"姐，你要认清形势，这事可由不得咱们啊……"

　　老郭见姐姐还是像个哑巴，只好甩出了杀手锏，他霍地站起来说："姐，你要是这般死脑筋，你家的事我今后可不管了。"

　　老郭是龙婶娘家最亲的亲人，这些年如果没有他的扶持，这孤儿寡母怕熬不到今天。龙春长大后到舅舅家，邻居们还老拿他开玩笑，"外甥食母舅，从无食出有""外甥狗，偷吃不想走"。没有弟弟，恐怕儿子还打光棍呢。这个儿媳妇，虽说"十指少一根，脾气大如天"，但总体来说，算好的了，恪守妇道，说话得体，对她这个婆婆也算留点情面，够意思了。

　　龙婶眼眶一红，叫住了弟弟，"阿楷，别走。"

　　郭正楷停步往回走，鬓角已经沁出一层薄汗，差点儿就功亏一篑。要是交不了差，他今后还有何面目去见支书夫人？

第七章

　　龙盼盼的满月酒经过紧锣密鼓的准备，煞有介事地开始了。

　　龙婶心里像堵了一块冰凉冰凉的石头，只好把两眼全闭上，眼不见为净。

　　在摆酒这桩事上，龙春不敢表现得太积极以免激怒母亲，而苏彩娥的任务还是休养，也不宜去折腾这些事情。思来想去，他们决定把这个重担交给珍嫂。珍嫂刚荣升祖辈，义不容辞，就应承下来。大事情她亲抓，如请大厨曾青山主灶、谈菜色定酬劳、确定两家客人名单等；小事情则由儿子苏冠军去办。当母亲的想趁机锻炼锻炼他，希望他快点成熟。

二十五日下午，曾青山带了几个帮手在龙家后门的空地上垒起了三个大灶，先"落桌"，该炸的炸、该煎的煎、该腌的腌，明天就不慌。天气冷好准备，但出菜要求高：要快，要紧凑，既不能冷落了客人，也不能热菜变凉菜。在菜的"色香味"上，珍嫂的思路近似于苏支书平时穿着的要求：外衣（色）要朴素，符合政治形势需要；中间的毛衣背心（香）要真材实料；内衣（味）嘛，两个字，"舒服"！曾青山文绉绉地说："你的意思就是要败絮其外金玉其中啰？"

珍嫂愣了一下拍掌说："没错没错，就这个意思。"

第二天曾大厨起了个早，穿着白大褂站在灶前，指挥着两个徒弟从容不迫地干起来。只听到吱吱的响声，火光一团团地在油锅里燃烧，香气霸气十足地登堂入室，在深巷里横冲直撞。

月窟大队的罗支书来了，马队长来了，陈会计、张保管也来了，还有龙家的一些亲戚朋友。苏支书也带领南川大队的一溜人马，浩浩荡荡地开赴龙家。虽说两个大队有过龃龉，但最高领导人胸怀世界，放眼未来，他们友好地握了下手。手下的人却装作不认识各行各道。

今天虽是龙盼盼的喜庆日子，但大家真正关注的是她的母亲。苏彩娥特意绾了个好看的髻，穿了件红艳艳的夹袄，红光把脸蛋儿映得喜气洋洋。她的皮肤本来就白，现在丰腴了，比当姑娘时还要嫩，难怪别人说"生女儿是美容"。

苏彩娥情绪高涨，腰身笔直，胸脯像果仁快要把坚壳撑破一样，单就这股精气神就跟她老子一脉相传。她挺立在门口，像背后有座大山靠着，筋骨硬底气足，挟着一股"要风得风，要雨得雨"的劲头，透出一股踌躇满志的神气。

不摆就不摆，一摆就是十桌，从厅堂摆到天井，再摆到门外。桌子就是戏台，鱼肉菜汤和主食就像生旦净末丑各有特色，争奇斗艳。先从一道甜甜的莲子汤开始，几大盘几大碗荤荤素素地上来，轻塌塌的肥肉从蓝花粗瓷大碗的一头搭到另一头，答答地滴着油；蔬菜炒得青翠，像刚从田里摘下来的；草鱼、鲤鱼反弓着身子好似要发力跃过龙门；老酒都漫过杯沿了，清亮亮的像个凸透镜……

这次一共宰了一头猪、五只鹅、十只鸡鸭，鱼就数不清了。大伙放开肚皮，狼吞虎咽，撑得快不行。喝酒的大老爷们丑态百出，有的喝得太急上了头，愣头愣脑地坐着；有的瞪着水水的眼睛像婴儿一样扶着墙去找茅厕；还有的怕臊似的滑到桌子底下，嘴角流着口水打着呼噜睡去。

那天龙婶看着满桌的菜，都是她平素喜欢吃的，就是吃不下。那些食物到了她嘴里一下子失去了味道，肉片嚼起来像甘蔗渣，青菜的筋脉无情地缠在她不甚牢固的牙齿上，就连香喷喷的新米饭到嘴里也硬得像沙米……

龙婶觉得自己从来没有这般窝囊过，叫儿媳妇欺侮成这样，而一把屎一把尿拉扯大的儿子还跟着那臭婆娘同一个鼻孔出气，叫人寒心哪！让人看笑话啊！委屈和气愤把鼻子搅得酸酸的，她就跑到自己卧室去伤心落泪。老郭跟姐姐同桌，主要任务是监视她的一举一动，怕出乱子。他跟着姐姐进去，把她强行拉出来。老郭说得对："事情很快就过去了，哭有什么用？别人还觉得你小肚鸡肠呢。"

龙婶把眼窝抹了一遍又潮起一片，她愤怒地说："我就是小肚鸡肠，你也不是什么好东西。"不过最后她还是衡量利弊、顾全大局，不声不响地坐回原位，好在宴席已进入高潮，没人有闲工夫注意她。

跟婆婆相反，苏彩娥却乐开怀，她当仁不让地盘踞主桌，把盼盼交给了姐妹们，自己轻装上阵，并以此为据点向四周辐射。先是别人敬她的酒，后来她就起身敬别人，开头喝的是桑葚、荔枝、糯米酿出来的甜酒，后来干脆换成了清城老酒，那酒狠，一杯下去脸颊立即浮起两朵红云，浑身散发出惊人的热量。她几乎把会喝酒的客人都单独敬过，谁也不知道她到底喝了多少杯，就是她自己也记不清楚了。

龙春端着杯子跟在妻子的屁股后头，跟着跟着傻眼了，没见过这么气吞山河的豪饮，没见过这么惊天动地的壮举。他心虚了，脚底像踩了棉花，脑海里不停地闪过了陈壁娘、梁红玉、杜十娘、江姐……一个个都是烈女子，一个个都不让须眉。

　　喝到了最后，人们全让苏彩娥给震撼了，都屏声敛息，看着她一个人表演。

第八章

苏彩娥给女儿摆满月酒的消息不胫而走，传遍四乡六里。接着又风传苏支书写检讨了，主要是受到女儿女婿铺张浪费的牵连。一波未平又起一波，小主角龙盼盼得了种怪病，昏睡两天不醒。龙春夫妇怕了，送到县城医院去检查，结果大感意外，苏彩娥奶里的酒精含量过高，婴儿吃了自然是醉得不省人事。

听到这些，江凤凰笑了，笑出了眼泪。龙生雨，虎生风，这支书的女儿一出手就是风起云涌，一叱咤就是惊天动地，便多了惺惺相惜之意。

苏彩娥出嫁的那个秋日，天高云淡，江凤凰没有跑出去看，而是站在自家的后院，站在烟火般的菊花之中目送着她过河。龙盼盼摆满月酒那天，她依然站在原地，看着二十几个人装在一条木船上，把牛奋强累得像头死骡子。在风浪中的苏支书披着件瓦色的中山装，一只手叉腰把衣服的肩部高高地顶起，一只手笔直地指着某个阳光闪闪的地方；一帮男女老少紧密地团结在他的周围，目光跟着望去。江凤凰想，要是画下来准是一幅很好的宣传画。

打从嫁到南川大队来的第一天，江凤凰就认识了苏支书。苏支书对他们的婚礼十分重视，还送给王更生一块亮锃锃的钢表。

王更生是江凤凰的中学同学，读书时，许多男孩子对江凤凰趋之若鹜，王更生却视若无睹。他爱读书也会读书，门门功课得第一。他的算术尤其好，在全县比赛拿了第二名，很了不起，公社书记陪着他到县城领奖，还去了很高级的酒楼。江凤凰在学校里也是个人物，非常活跃，能唱能跳，一字马抻得开，是文宣队的带头人，许多学生唯其马首是瞻，看着她的眼色行事。不知道为什么，她被王更生的斯文与沉默吸引住了。在她的眼里，这样的男人才博大，才高深，才藏而不露，才魅力无穷。江凤凰就对王更生围追堵截，无话找话说，无事找事做。有道是"女追男隔层纸"，王更生很快就走投无路，缴械投降。但是，他俩的恋爱自始至终都是温吞吞地热烈不起来——王更生太面了，太缺乏激情了，弄得江凤凰挺被动的，都萌生了放弃的念头。但是在她的字典里头，还找不到"认输"这两个字，是好强的性格驱使着她激流勇进，笑到最后。

江凤凰差不多比苏彩娥早嫁了两年，到了南川大队不久就得了个"猪腰西施"的花名，原因是天一放亮她就抢着去猪肉铺买猪腰，完全不顾新媳妇的羞涩。那些卖肉的男人很坏，故意扯开大嗓门："来呀，这里的猪腰又新鲜又大个，快买给老公吃，壮阳的。"虽听得脸红心跳，但她并没有真正怯场，原来的场面多大啊她都敢唱敢跳，还怕你们这几个猪肉佬？她唯一担忧的是这事传出去不好听。几次之后，她心中有数了，你越扭捏他们就越嚣张、越来劲，进攻才是最有效的防守！

"你们也是的，好的尽留给自己吃，还卖得死贵。"她用开玩笑来缓解这一尴尬。

"嫌贵？可以不要钱啊，可也得拿什么交换吧……"猴子笑得喘不过气。

老德生最讨厌了，不言不语，等她走后才懒洋洋地说出他的新发现。他说，你们注意到没有，更生家的才过门多久？胸脯都大了一圈了。

跟猪肉佬抬杠、戏谑，江凤凰觉得自己的脸皮变厚了，厚得像一面盾牌，把什么都挡在外面，感觉也麻木了，有点死猪不怕开水烫的意思。当她离开苍蝇乱飞的猪肉铺，心里却馋馋的，千挑万选怎么选了个不行的男人？只能在门口骚扰却不能酣畅淋漓，长驱直入。

王更生比江凤凰更郁闷，对一个男人来说，面子上的打击比事实的打击还要致命。江凤凰要他找医生，他死活不肯。江凤凰知道他担心什么，怕丑事传千里，更怕医生给他的小家伙判了个死刑。没办法，江凤凰只好自己当医生，替他开出了猪腰、海马之类的民间偏方。吃了那么多东西，好像起不到什么作用，王更生烦了，江凤凰也急了。有时候她真想跑进牛棚一刀子把牛鞭割下来。那些猪肉佬都说"以形补形"，她想牛鞭肯定要比猪腰强——猪懒洋洋地有气无力，像它们就麻烦大了。

就在王更生和江凤凰结婚的第四天黎明，清水河上弥漫着半透明的雾，风一吹雾便搅成一团，趴在它那豆绿色的身子上缓缓地动着，左左右右，上上下下，十分地暧昧。天边，渐渐地呈现出婴儿屁股般的嫩红。江凤凰神思恍惚地走过后院那条伸入河中的石径，蹲下去涮马桶。昨晚丈夫没归家，说是陪苏支书打通宵的纸牌。江凤凰就有点生气，觉得这个支书太不近人情了，得找个机会好好说说他，但转念一想，说不定是丈夫找的借口。他在逃避，他不敢再碰她了，连手拉手都不敢。已经结婚了，他们的关系却大踏步地倒退，退到了刚谈恋爱那会儿。可刚谈恋爱时还有梦想，现在却像走进了死胡同……她想得太深了，一不留神马桶从手上漂走了。一个激灵，她醒过来，手脚忙乱地追下去，河水一节节地升高，向着嫩白的大腿漫延。水流有点急，眨眼工夫那马桶就漂到了河中央。

"水深着呢，别再走，我来给你捞。"

李响亮正好在不远处的老码头挑水浇菜。他是王更生的表哥，长他几岁，办婚礼时出过力。那汉子牛高马大，粗黑的眉毛下长着一对黑白分明的眼睛，鹰钩鼻，刮得铁青的腮帮子透出一股男人的剽悍。听说他还是个光棍，不是姑娘们看不上他，而是他看不上别人。刚开始有大堆的热心人给他牵针引线，黄了多次之后，热心人的心也就凉了，不想再管这闲事，他也从此落得个清闲。王更生说过，本来李响亮可以在队里弄个干部当当，因为他是个退伍军人，顶吃香的，罗支书都找他谈过好几回了，但他不想，说管点屁事反倒没了自由。

李响亮给江凤凰的第一印象是个油子，但奇怪的是在她面前他竟变得有点扭捏，粗野之气一扫而光。眼下他就离她几丈远，脱剩下一条短裤跃入水中。他的手臂很长，击出一道道水花，很快就拦住了顺流而下的马桶。江凤凰还在想如何去接那个马桶，就看见他往上游一抛，马桶脱了手划了道长长的弧线，重新落入水中。李响亮也跟着不见了。会游泳的人要溯流而上，最好的方法就是贴着河底像乌龟一样爬行。当他钻出水面、突兀地站在她的面前时，吓得她屏气敛息。他的皮肤上有层油，水珠如落在荷叶上那样站不住地纷纷滚下。他往后一甩头，头发根根竖起扎向蓝天。此时已是朝霞满天，水面上流淌着温暖的色彩，一股清凉的水汽轻柔地包裹着他古铜色的躯体。她发现他的国字脸帅极了，那股粗犷的气质更加让人心旷神怡。她的目光慌乱地闪开，不料又落在他胸脯浓密的汗毛上，它如一溜细烟漫至小腹。她的脸立刻幻化成一片霞光，热烈地燃烧起来。她弄不清楚自己是怎样回屋的，又是如何喝下了那碗冷冰冰的稀饭。

一个大男人，替一个女人捞马桶，会沾上晦气的，传出去还是个笑话。

就在那个早晨，李响亮也被表弟妹的妩媚再次震撼。在此之前，他不是没有见识过什么是女人，他之所以不愿结婚，除了固执地认为好女人早就被男人们抢光了之外，就是一直迷恋于那种偷情的刺激，偷偷摸摸，像糟蹋别人的东西那样幸灾乐祸。那些女人——他的相好、他的情妇、他的姘头，都在他的身子底下扭来扭去，不停地往上拱起如海之波、泉之眼，涌动着、活跃着，把他彻头彻尾地淹没……可是江凤凰却给了他全新的感觉，她让他自惭形秽，让他第一次觉得女人除了肉体之外还有更加动人的东西。

望着江凤凰风姿绰约的背影，李响亮傻在了那里，虽然跟表弟既是亲戚又是好友，他还是忍不住胡思乱想。他不停地警告自己，别打坏主意，可两条腿却不听使唤，不甘心地把他带到王家的屋前屋后。

王更生不在，他就陪她聊天，为她解闷儿。每一次的聊天都给了他极大的满足，让他回味无穷。他不仅发现她的美丽，还发现了她的口才、她的神韵、她的睿智……每次离开前，他就会用大拇指和食指撮起不小心掉在地上的烟灰丢入阴沟里，然后急急地出门，再慢慢地咀嚼着她的每一句话，思忖着每个字的含义。她就像个外交家，把每句话都说得密不透风，把他招待得无懈可击。有这么一个老婆，胜过古人的三妻四妾。羡慕到了极点，他就咬牙切齿地骂起来，"更生啊更生，你祖上积什么德呀！"

过了端午节，天气里还夹着点春深残留的凉意。一天王更生招呼李响亮和一个叫驴头的朋友到家里吃饭。江凤凰想到这个冰窟似的家好久没热闹过，就多炒了几碟小菜，连酒杯也给他们摆上了。王更生原来爱喝点小酒，斯斯文文，抿一口，夹点菜，胜似闲庭信步，又像在品味人生，但最近却逢酒必醉，好在醉后也仍旧斯文，往桌子上一趴，你喝你的、他睡他的，互不干扰。

那天他们都难得有个好心情，就把小方桌抬到了院子里。院子种了两棵金凤树，很蓬勃，那些花都开在树冠上。站在围墙外远远望去，仿佛一片红云浮在绿海之上，满目绚烂。随风落下来的金凤花，撒了一地，像铺着厚厚的红毯子。江凤凰看着那金凤树，那些羽状叶子，小小的，十分雅致。她就在想，如果每个人的性格非要跟某一树种对应上的话，王更生应该就是金凤树了。

在微风中、在花草的香气里，三个男人都喝了很多，也聊得很快活。江凤凰看着菜吃得差不多了，又加炒了两碟青菜，都是从自留地摘来的，一样是空心菜，一样是丝瓜，嫩嫩的，指甲一掐就流出绿汁来。然后她便退场了，打两桶井水痛痛快快地把身子淋个通透，"镇压眠床团结被"去了。

刚开始她还听到三个男人的声音，后来就少了王更生，再后来连那两个声音也模糊了。

王更生趴下了，还打起呼噜来。驴头用两个指头戳了戳他，没反应，就偷笑起来，下巴朝里屋一摆，凑到李响亮的耳边说："听说更生家的未过门就被别人亲了嘴。"

"放你娘的狗屁。"李响亮鼓着眼珠子说。

"你不信？听说更生兄弟连挨都不肯挨她一下呢。"驴头打了个响嗝，又给自己的杯子满上。

李响亮用颤巍巍的指头点着他，过了半晌才说出话来："别人的事，你瞎操心什么？"

"当然轮不到我操这份儿心啰，"驴头晃着硕大的脑瓜说，"要操也是你来操。"

"说什么呢？"

"还装？她瞅你的眼神都不对，当我是傻子？"

李响亮摆摆手，把杯里的酒干掉，嘴里说"放屁，尽放臭屁"，心里却灯芯一样地被拨亮。

"要是你现在上她的床，她会不会以为是更生？"驴头把李响亮的头扳过来问。

"可能吧。"李响亮歪着脖子笑。

"我猜你不敢进去，在她身边躺一会儿。"驴头说。李响亮竖起眉毛说："怎么不敢？"

"我们打赌，一包红牡丹。"驴头笔直地竖了根手指。

李响亮扯了扯衣领，噌地站起来，但马上又像泥一样地瘫下来。

"哈哈，不敢吧？"

"怎么不敢？只是朋友妻，不可欺。"李响亮喃喃地说。

"你不是说她会以为是更生吗？"驴头嘲笑他，"好了，输给我一包红牡丹了。"

"谁输了？"李响亮瞪着水汪汪的眼睛，结结巴巴地问。驴头沉下脸来，"那去呀，有胆你就去呀。"

"去就去。"酒劲又一次在李响亮宽厚结实的胸膛里热辣辣地翻腾，他梗着脖子把酒倒进海碗里，豪气地说，"门前清。"

驴头就赌气似的干掉了。

"你小子……等着……瞧。"李响亮虎着张关公脸，撑着桌角站起来，摇摇晃晃地进了里屋。

老床像条颠簸的船把迷迷糊糊的江凤凰给摇醒了，她以为是丈夫，翻过身不去理他。李响亮悬心吊胆地躺下去，在心里鄙夷地骂着驴头这厮。他做梦也想不到江凤凰会突然翻过身来，像条大章鱼用两条胳膊和两条长腿死死地缠住他、勒紧他，吓得他大气都不敢出。但她腹部猛烈的收缩和胸脯急剧的起伏又在他身体深处掀起了狂澜，心理防线一冲即溃。

"你行的，你一定行。"她饥渴的呻吟立刻激起了他的斗志。他已经枪上膛、箭在弦，十根手指变成了急先锋，对着白嫩嫩的肌肤连撕带咬。她一点也不示弱，钩住他的脖子就亲，没想到被他一脸的络腮胡吓得魂飞魄散，还来不及叫唤，小嘴就被大嘴吸住了。她拍打着，挣扎着，但不是真正的反抗，她知道他是谁，也知道哪怕是求救，最终吃亏的还是女人自己。

李响亮是恣肆的、疯狂的、好样的，像宣传画里的男子汉，高大全，无往不胜；江凤凰也是好样的，像宣传画上的姑娘们，朴实、飒爽、勤劳，全身心扑在广阔的天地里收获硕果……这场美丽的误会来得轰轰烈烈、没头没脑，也去得慌慌张张，似乎大祸临头。江凤凰感到整个人像被掏空了，马上又有一种水银样的东西填补进来，沉重而又冰凉。

那个豹子般的男人脚底抹油溜了，他搅起的那阵旋风还在她的心窝不停地打转。她紧紧地抱着身子低声哭泣，发狠地拧着自己，把那一块块无耻的肌肤拧得又青又紫，痛彻肺腑。她还大骂自己，跟骂仇人似的，才骂到通奸啦、遭雷劈啦，忽然一惊，收住声音，驴头还在外面。这件事要是传出去，怎么得了？

她光着脚板慌慌张张地跑出去。驴头不见了，大门洞开着，像张大口要把她吞下去。一股阴气从脚趾尖一步步地逼近，慢慢地散成密密麻麻的虫子，没间歇地啃噬着她脆弱的神经。

第九章

风言风语开始像蛛丝，似有若无。待江凤凰蓦然惊觉，已
经身陷其中，越挣扎，那张网就勒得越紧。

驴头的老婆陈美丽是全大队公认的金嗓子，哪部电影在
南川大队放过，她就能哼出主题曲或插曲里的几句歌词，有板
有眼，像模像样。不过这一次，她唱的不是"一条大河波浪
宽"，也不是"烽烟滚滚唱英雄，四面青山侧耳听"，而是潮
汕歌谣。她一会儿粗声扮老妪，一会儿尖声扮小妹。

……妹仔呀，你的房门怎会开？

老婶呀，昨夜房门狗撞开。

妹仔呀，花纱罗帐怎会垂？

老婶呀，花纱罗帐风吹垂。

妹仔呀，鬓边头发怎会散？胸前纽仔怎会开？

老婶呀，鬓边头发枕边散，胸前纽仔热解开……

江凤凰像被烫了一下，生气地说："陈美丽，你可别毒害我们。"

陈美丽也不是吃素的。她要是嘴巴痒，你就是麻石，也得让她舒舒服服地蹭几下。

"没错，我有毒，但这毒也是别人传染的。"她装疯卖傻地说。几个女社员不明就里，都劝江凤凰少说两句，大家同一个大队，抬头不见低头见。

陈美丽却不依不饶，意味深长地说："这鞋子啊，谁都可以去穿一下，早就变破鞋喽。"

回家后，恐惧的情绪才真正笼罩住江凤凰，这要搁在古时是要被逮去"浸猪笼"的，就算新社会也会让你脱掉一层皮。从那天起，只要外边稍有风吹草动，她就怵然支起耳朵，听听是不是与自己有关。日有所思，夜有所梦：一会儿是李响亮将她压得透不过气，一会儿又是陈美丽在散布谣言……每一次都让她吓出一身冷汗，不敢再闭上眼睛。有一次她被王更生嗷嗷的叫声惊醒，才发现她把他当成了陈美丽，差点掐掉了他的一块肉。

两天后，江凤凰在三队门口碰见李响亮，他正和马队长抽烟、说话。她视而不见地走过去，刚拐进李厝巷，就听到背后响起又急又重的脚步声。

那是一条满墙苔痕的巷子，阳光顺着黑瓦如鳞的屋顶向地面倾泻，明亮得像小溪。

"更生家的——"

那声音虚虚的。

江凤凰转过身来，将长辫掠到胸前，目光平静地望去。

"什么事？"

声音却冷得像刀子，令他禁不住打了个寒战。

"我——"他嗫嚅着。

她镇定地问："响亮叔，那天晚上喝好吧？"

他宁愿去挨她夹头夹脑的臭骂，也不想看到她这副满不在乎的样子。

"对不起。"他扔下这句话头一摆就走了。

江凤凰强打起的精神一下子垮掉了，怔怔地望去，空巷像张曝光过度的相片，没有轮廓，与明晃晃的天空一色。憋屈如山洪在心里一发不可收，把她冲得东倒西歪，天旋地转。醒来时她惊讶地发现自己竟躺在家里的床上，医疗站的老冯给她把过脉，说是中暑。王更生是从田里被喊回来的，粘了两脚的泥。他接过邻居如叶老婶帮忙熬的药汁，舀一小勺吹了吹喂到她的嘴里。她一把将碗夺过去，咕咚咕咚地一饮而尽，泪水马上就汪开来。

王更生端着碗，站在院子里发了一阵子呆。

江凤凰在家里躺了两天，到了第三天午后，无聊了，就爬起来干点活。她在院子里那两株金凤之间系了根麻绳，把春天穿过的厚衣服、用过的被褥晾晒在上面，又到井边去打水。她把结着绳子的吊桶晃了晃，抛下去，镜子般的水面碎了，一圈圈的光影在井边耀眼地晃动，拉上来时她已明显感到气力不济。那吊桶一路跌跌撞撞，跟井边磕碰出哐哐的响声，泼洒出去的水也激起了空洞而又古怪的回音。

打了两三次，把那个木桶装至七八分，她刚弯下腰就瞥见水面上折叠着一张面孔，不由倒吸了口冷气，血都凝固了，却装作看不见。她一时不知哪来的气力竟不歇脚地把一大桶水提进里屋。

那个高大壮实的身胚倚在门口，屋里立刻暗了一层。

"好些了吧？"声音从她的背后传来，怯怯的。她狠狠地擦着老式的碗橱，碗碟抖响着，叮叮当当，过了半晌才说："好得很。"

"你别硬撑着——"他掏了根烟又急躁地将它折断。

她扭过头来睃了他一眼，冷峻地说："出去，别踩脏我的地。"

"是我不好，酒喝多了。你要是觉得骂一骂痛快些，那就骂吧。"他蔫头耷脑地说。

"我干吗要骂你？"

"我坐一会儿，行吗？就一会儿。"

他哭丧着脸，特别地惹人怜。她真拿他没办法："随你的便。"

她直起腰来，偷偷地把向上缩的衣摆往下扯了扯。

他却没有坐下就走了。

"你没事就好。"

这是他丢给她的最后一句话。

她怔怔地扶着门框，有种做梦的感觉。

一个月，或者更长的一段时间，她没再见到他，不知道为什么，她心里慌慌的，反倒惦记着。后来才听说，他去月窟大队帮朋友盖房子，从屋顶上摔下来，幸好不高，只折断了一条腿。为了证实这个坏消息的真假，一天傍晚，她端着碗饭越过几个门洞，在双喜家停下来。那天，就是双喜跟李响亮一起去盖房子的。

江凤凰跟他有一搭无一搭地聊起来。一说起李响亮，双喜就狠狠地咽了口饭激动地说："这怪不了我们，我们都提醒他好几回了，那天他就像中了邪！"

她的心就呼地悬起来。出事的当天，刚好就是李响亮来看她的第二天。她就认定，是自己把他从屋顶推下去的。

她替他着急但无人知晓，她想去看他，但怎么可能？一个妇道人家钻到一个光棍汉家里去成何体统？她灵机一动，对王更生说："听说你表哥受伤了，做不得饭，不如叫他过来一块儿吃吧。"

王更生说好，一会儿就没影了。没多久，就听到门外木拐点地，犹如马蹄声声。

江凤凰今天特地穿了件粉红色的衬衣，薄薄的、嫩嫩的，像荷花的花瓣。这是她的嫁妆之一，平时舍不得穿。那衬衫本来宽宽松松的，她拿针线在腰上收了两个对称的褶，这样腰身就像被两只手有力地掐进去，胸脯呼之欲出。穿好了，她对着镜子一照，吓得捂住了嘴，太隆重了，三两下扒下来，心里却极不情愿。"不穿？难道看着它烂在衣柜里？"两只手已经不听指挥，又迅速地将它拎起来穿上。

李响亮来了，听到厨房响动就把头探进去。白蒙蒙的水汽大团大团地翻腾，锅里的水咕嘟咕嘟地急响，江凤凰犹如一树桃花盛开在缭绕的烟雾之中。听到李响亮嘿嘿的笑声，江凤凰回过头来，眼前的他又干又瘦，胡子拉碴，不由得一阵心酸，眼里只有怨，没有了恨。

两个男人在院子里说着话，江凤凰一个人坐在灶前，隔一会儿就往灶洞递个草扎，隔一会儿又用铁钳捅了捅积聚的柴草和灰烬，艳红的火光把她的瓜子脸和细白的胸颈映得亮堂堂的。噼噼啪啪的爆裂声并没有影响她洗耳细听。

"腿还疼不？"王更生问。

"骨头里拧了螺丝，能不疼吗？"李响亮笑着说，"你要不信，拿块磁铁来试试，说不准能把螺丝给吸出来。"

一墙之隔的江凤凰就咯咯地笑出来，十分欢快，好像在鼓励他继续幽默下去。她还似怨似嗔地说："你呀，算命大了，要是摔残废了谁来照顾你？"说到"谁来照顾"，竟把鼻子搅得酸酸的。

"这就算残废了，真的，今后更讨不到媳妇了。"他的声音也放开来，像在跟她一唱一和。

江凤凰边笑边抹了下眼泪，她知道自己又哭又笑的样子其实很好看，可惜李响亮看不到。

"你要是小心点，哪会掉下来？"王更生插了一句。李响亮保持着昂扬的音调："更生啊，我当时心头很乱啊。"

江凤凰的心弦嘣的一声，手差点随着草扎塞进了火里。

饭菜的香气慢慢地取代烧柴草呛人的气味，弥漫了院子里的每个角落。

王更生又把小方桌搬出来，享受着一天最后的自然光。江凤凰的菜一个个地上去，酒也帮他俩斟上，自己端了碗饭、夹了点菜，倚在门框边上慢慢地吃着。

西边像是弥勒佛的装天袋，将最后一缕血红的余晖收入囊中，灰色的微粒四处飞散，跟蚊子似的黑压压地裹住了树木庄稼、房屋烟囱、丘陵河流。棱角没了，立体变平面了，彩色成黑白了，世间万物模棱两可，似是而非。村东的孙老汉吆喝着刚饮完水的老牛，步履从容地从她面前嗒嗒走过。萤火虫像灶肚里的火星飞溅、流闪，转瞬即逝。

她呆呆地看着，想着心事，碗里的饭早就凉了、硬了。

过门还不到一年，她已经彻底厌倦了这种单调的生活，前面的路却犹如夜色一样苍茫、一样无所依托、一样乏味地重复。她渴望着什么东西来充实、来丰富，使生活变得光鲜亮堂，讨人喜爱。母亲生前说过，男女之事如同饮水吃饭，普通又不可或缺。母亲去世之后，她跟势利的哥嫂住在一起，时时有寄人篱下之感，寂寞更像一双大手，把她摁进水里一样让她感到窒息。原以为婚后可以生一群孩子来搅动沉闷的空气，可惜老天爷不地道，连普通人该有的幸福都不给她。每当想到"一辈子"这三个字眼，她的心就像搁进了石臼里被不停地舂着捣着。不甘心哪，怎么甘心？她怎么能让自己的青春烂在这样的寂寞里？哪怕是死也要死出个轰轰轰烈烈的样子来。

　　当晚风从江凤凰颀长的脖子上滑过时，她哆嗦了一下，心底呼地蹿起一团烈焰，在胸腔里焦灼地冲撞，那花瓣似的薄衫仿佛要烧着了！她瞟了李响亮一眼，李响亮刚好也望过来，目光竟碰撞出一派绚烂。

　　王更生才摇摇欲坠，李响亮就提前进入状态，把手伸向了桌下去碰触江凤凰的膝盖。她想拍掉，结果手反被他捏住，手尖就像通了电把战栗传遍了全身。见到他那高度紧张的模样，她反而镇定了，防守、躲闪、退让，大智若愚，用那双会说话的眼睛去诱敌深入。这是催戏的锣鼓，没了它就会突兀，就少了趣味，就带着公事公办的味道。看到王更生趴下去，李响亮身上的每个细胞都起了鼓点，亢奋得收不住，野得不要命。他的双手如公牛的两只犄角一步步地把江凤凰又进了里屋，逼到了床边。蓦地，江凤凰惊醒过来，这可是她的地头，怎能叫他喧宾夺主？她大胆、疯狂、主动地迎上去，与他进行你死我活的肉搏战。黑暗像屏障、像帷幄、像烟幕弹，掩护着他们大刀阔斧，勇往直前。黑暗又给他们插上了想象的翅膀，着着实实地离了一回大地，搏击长空。这一次，比起上一次更从容、更广博，也更深邃。刹那间，江凤凰懂得了什么叫"无限风光在险峰"！

## 第十章

　　江凤凰和李响亮的事已经闹得满城风雨，王更生没法再装了，亏他还是个干部，今后可怎么管人？他决定给他们点颜色看看，就故意把表哥邀到家里痛饮。他不停地举杯，不停地仰脖子，那些酒水却只流进他的衣领里。他装醉，才一倒下好戏果然就开演了。给王更生的感觉，就像活生生地被剁掉了两只手，一只手代表着他的妻子，另一只手则代表了他最好的朋友。虽然痛不欲生，但他没有鲁莽行事，毕竟家丑外扬对谁都没有好处。他只能将计就计地晃进里屋，朝表哥翘翘的屁股狠狠一蹬："死、死瘸子，敢欺侮我、我老婆。"把李响亮吓得狠狈逃窜。回过头来，王更生很想给妻子一巴掌，但最终还是被她镇定的眼神震住了。

夜里，他们各睡在床的一侧，中间可以开拖拉机。他们进行了一场味如嚼蜡的对话。

"你为什么要这样？"王更生想过很多尖锐、带蔑视的发问，到头来却是这么一句。

"我只能这样。"

"你有老公。"

"是吗？"

王更生被这个问号戳痛了。

"你没想过有一天我会知道？"

"想过了。"

"那你还敢……"

"我管不住自己。"

王更生明白，女人若嘴馋了还好办，要是腰馋了就不好管了。都摊牌了，她还无动于衷，中毒太深了，难治呀，可又非治不可！王更生挖空心思，就是找不到重药，他只能密切注意妻子的动向，像块狗皮膏药那样牢牢地粘紧她。会场、田野、河堤、晒谷场……人们再也很少见到王更生忙碌的身影。他眼窝深陷，眼珠子变黄、变混浊了，额头上像被谁搞恶作剧似的用笔画了几道，看上去一下子老了许多。有人走近他，惊讶地发现他的天庭泛起一层青光，后来人们才恍然大悟，那就是传说中的凶兆。

对于丈夫的跟踪和监视，江凤凰起先很生气，但将心比心，又觉得他一点都不过分，怒火就渐渐地平息了。

王更生跟踪了几次之后，江凤凰逐渐适应过来，甚至还找到一点小小的乐趣。那乐趣类似于小时候玩的捉迷藏。生活实在太沉闷了，太单调了，太不是东西了，的确需要调剂一下。她走在前面，脑子里却全是王更生的腾闪挪移。她经常浮想联翩，觉得自己就是个地下党，正在给组织送情报，如何才能甩掉特务的跟踪？她声东击西，陈仓暗度。她装作和某个社员说话，又闪电般地从她家后门逃之夭夭。有时她会突然回眸，恶意地瞪大眼睛，吓得王更生乱成一团，一个草垛、一堵墙、一棵树、一根电线杆都可能成为他的掩体。

"缩头乌龟。"她鄙夷地说，心头却掠过无限的快意，趁他还没调整好姿势一股烟似的消失了。好多时候，她就躲在附近的角落里，看着王更生鬼子进村似的探头探脑，发出了阵阵得意的窃笑。

盯梢给王更生带来一系列的后遗症，自留地荒芜了，革命工作懈怠了，整个人跟梦游似的丢三落四，说过的话一转身就忘记，犯了错还死不认账，群众有看法，一些干部趁机落井下石，好在苏支书力挺他，替他拔掉很多刺。苏支书在支部会上说明，在群众大会上也解释，王更生最近的身体太不好。人的一生中谁没个病痛？这个理由最能得到别人的谅解了。到了后来，王更生还真的病了，是经常拿来骂人的那种"神经病"，而且病得还不轻。他变得糊涂、恍惚、健忘，妻子和表哥究竟有没有那回事已经有点说不清、道不明了。他反过来安慰自己，说不定那只是一个梦、一种猜测、一种谣言。至于自己为何要去盯梢，不过是为了澄清事实，还江凤凰和李响亮一个清白，让他们重获自己的信任。

心累比什么都累。王更生觉得自己的精力远没有想象中的好。他的眼前老晃动着一条条小溪，元气就从溪里源源不断地流向江凤凰，或者说被她吸走了。他看见他的精气变成了她的肥料，居然把她滋养得艳若桃李。

跟白天相比，晚上的斗争才称得上艰苦卓绝，王更生虽然疲于奔命，但仍不敢懈怠，和衣而睡，一副枕戈待旦的样子。待他昏昏欲睡，江凤凰就故意弄出点声响，看着他从睡梦中惊醒，又揉眼又挤眼，脚下意识地伸到床底下去找鞋。她沿着河堤兜了一圈，懒洋洋地回来。他却极不容易，既要尾随在她的后面，又要抢在她的前面回家，假装什么事也没发生过。她推门进来，他便假寐，背上、屁股上还沾着稻秸草屑，有时甚至散发出一股难闻的大粪味。她的心情是放松的，好像刚刚做了个游戏，不一会儿就睡着了，他却因为精神亢奋辗转难眠。即使在睡梦里，他也无法安宁，李响亮像帝国主义的魔爪随时伸向江凤凰。有一次他梦见妻子被李响亮揉搓得快活地呻吟，撩人的欲火呼啦啦地舔舐着他的身体，小家伙竟被一股热力扛起，凶悍得像支高射炮。他想冲过去拉开李响亮，又想和他一起让江凤凰呻吟得更加嘹亮。他边体验着这激烈的刺激边清醒地想："有救了，有救了……"

江凤凰一巴掌结束了王更生的春梦。梦是属于自己的，谁也无权剥夺！王更生像一脚踩空跌进了失落和懊丧的深谷，还来不及生气，痛处已经明明白白地告诉他，他的手不守规矩。

春梦带给了王更生另一个梦：自己有救了。他的心情无限舒爽，竟有了笑的愿望，嘴巴都咧开了，脸上的肌肉却顽固地抵抗着忘记了自己的职责。江凤凰听到丈夫三更半夜发出古怪的声音，似笑非笑，似哭非哭，就翻过身去嘟囔了一声："神经病。"

第二天一早，站在大门口的王更生把李响亮吓得不轻，他飞快地扫了一眼，见他手里没带任何武器，心才稍稍安定下来。

"有点事想找你帮忙。"王更生笑得极不自然。人不求人一般高，人一求人矮三分啊。

"有话请讲。"李响亮的口气变得强硬起来了。你越是软塌塌的，他娘的王更生越觉得你亏欠他，谁叫他占着茅坑不拉屎？

王更生翻了翻了无生气的眼皮，用手抹掉嘴边的一溜儿汗珠说："到河边去。"

两个人沿着清水河的河堤慢慢地行走，李响亮忽然觉得像回到了儿时：他俩形影不离，一起下田、耙草、放牛、烤红薯、一起提水灌田鼠洞、用芦藤榨出汁来"毒"鱼……他从迷乱中挣脱出来，把攒在肚子里的愧疚话一股脑地倒出来。

"对不起啊，更生……"

"不怪你，只怪我自己没用。"王更生豁达地说。

"如果你恨我，就冲我这里来几下，更生，我说的全是掏心窝的话。"李响亮仰着脸，用力眨巴着眼睛，生怕泪水滚落下来。王更生推心置腹地拍了拍表哥的肩头叹了口气："我真的是来请你帮忙的。"

"怎么帮？"李响亮心里想好了，要是他要求他离江凤凰远点，他就痛痛快快地答应。

"唉，我那病，吃了药不见好，"王更生吞吞吐吐地说，"昨天……突然做了个梦……"

李响亮听完后倒吸了一口冷气，太荒唐了，太难以置信了。

"更生，你还在生我的气！来，往这里来一拳——"

这下王更生真生气了，他一把抓住李响亮的拳头说："你怎么就不明白？我就想找回那种感觉，懂吗？"

"这……不行，也不好……"李响亮把脑袋摇得嗡嗡作响说，"我怎么可以这样？"

"你不是都做出来了吗，还扮什么正经？"王更生气咻咻地说，"我只是想治病，这是科学，懂吗？你就当为科学献身一回。"

李响亮迟疑再三，苦笑说："除非……你给我写张证明。"

"什么证明？"

"证明你同意我和你老婆那个，"李响亮老练地说，"这样，我以后才说得清。"

王更生负气似的掏出包烟，倒出剩下的烟支拆开盒子，摊在膝盖上沙沙沙地写起来：

同意李响亮与江凤凰行夫妻之事，一切后果由我负。

"签名。"李响亮提醒他。

"用不着你来教，"王更生签上大名，在表兄鼻子前激烈地抖动，"这下行了吧？"

李响亮仔细地看了看，像在检查那些字有没有缺点少画，然后抬起头很不放心地说："你可要想清楚——"

王更生说："少啰唆，有白纸黑字你怕什么？"

对于男人们的事，江凤凰毫不知情，她只是觉得王更生把李响亮请来有点蹊跷。这个李响亮也没头没脑的，明知山有虎偏向虎山行。上菜后，江凤凰就端着饭碗躲在一旁，心里七上八下地偷听。那一天两个男人好像前嫌尽释，有说有笑，仿佛回到了从前。王更生还从床底下抱出瓶蛇酒，酒里的那条蛇叫"七步倒"，差点要了他的命。

王更生真是不长记性，又醉倒了。江凤凰很紧张地收拾残菜剩饭，算是下了逐客令。李响亮并没有走，而是勤快地帮她捡这拾那。江凤凰滴酒未沾，感觉却像喝多了，心如鹿撞，浑身的热血似乎又被点燃。她的催促很快就变成了呢喃："我自己来，你走吧……"李响亮却把她的话当成了耳边风。当她转身去抹掉灶台上的积水时，他突然兜着股风扑了上去，沉闷的空气像被撕开一道口子，煤油灯上的火焰呼呼地斜倒，四周的影子剧烈而不安地晃动起来。

江凤凰的身子软下去，心儿却浮上来，水一样地荡漾开来。她有气无力地哼了一声，似乎很满足，又似乎很着急；似乎在责备，又似乎是鼓励。

躲在窗口偷窥的王更生只觉得燥热难耐，有一股冲出去的力量在身体里不断地壮大，在脉管里左冲右突。他的眼珠子沿着两个滚烫的身体应接不暇地滚动，血全冲到了脑门，心儿却被从胸腔里蹿起的妒火灼痛。他的健忘症又复发了，铁证如山，通奸！

有棱有角的窗棂早已在他惨白的脸上压出深深的纹路，苦辣酸咸在紧闭的嘴里潮起潮落，他恨不得眼珠子变成子弹，洞穿这对狗男女！他像个担心误工的社员慌慌张张地从院子里操起一把锄头，冲进去抢个半圆砸过去。江凤凰一直警惕着，她急急地推开李响亮。灶台上的一摞盘碗登时粉身碎骨，屑末飞迸。

李响亮提着裤子趁机跑出厨房。王更生再举锄头，白刃在昏暗中划了道冰冷的弧线，差半寸就斫断李响亮的后脚跟。他们一前一后，绕着院子里那个巨大的石臼飞快地旋转，顺时针、逆时针，变化无常，好像小孩子在玩"老鹰捉小鸡"。

"别乱来，王更生，你冷静点，"李响亮喘着粗气说，"这事要传出去，于你于我都没好处……你再过来我可要喊了。"

这话果真灵验，王更生站住了。

"王更生，你他娘的说话不算数。"李响亮又委屈又愤怒地说。

"你说什么？"江凤凰惊讶地问李响亮。李响亮却冲着王更生说："是你求着我来的，白纸黑字你甭想赖掉。"

"闭嘴！"王更生一下想起了什么，说，"我先放你一马，明天下午一点仓库见。还有，把那张纸带回来。"他一边说一边让出条路来，"你敢不去，我挖你家的祖坟。"

李响亮边提着裤头边不服气地说："操！幸好我留了

一手！"

"你们——"江凤凰傻在那里，觉得自己像被他们合伙卖掉了一样。

第二天，李响亮和王更生来到农具仓。王更生从裤腰掏出串沉甸甸的钥匙，熟练地挑了一把将门打开。仓库里收拾得整整齐齐，打谷机、犁铧、脚踏水车、平整用的耙、耘稻除草用的耥、扒草的竹扒和翻晒谷物的抄扒堆放在一边，另一边放着簸箕箩筐等竹器。墙上打了几个钉子挂着一排用牛皮纸做封面的账本。角落里还拉了道深色的布帘，里面有个独立的空间。出乎李响亮的意料，王更生的气消了。他当着他的面打开一瓶白酒，倒进两个搪瓷口壶里，每个口壶都有个红色的"奖"字，下面还有一行小字。王更生的一反常态引起了李响亮的警惕，趁他放瓶子的那当儿，他偷偷调换了口壶。酒才喝了一半，王更生就口吐白沫抱着肚子蹲了下去，把李响亮吓得一个劲儿地往外跑。

王更生后来被社员们送到了公社卫生院。他喝下了自己放的老鼠药——那药被他事先撒在给李响亮的那个口壶里。

江凤凰赶到的时候王更生已经是大气进、小气出，他又爱又恨地望着年轻漂亮的妻子，可能是忆起了同窗共读、相知相恋的那段快乐时光，也可能对自己的无能感到内疚，眼角竟淌下明晃晃的泪水。江凤凰更是泪水汹涌，泣不成声。

　　临终前，善良的王更生告诉江凤凰，这药是他自己下的，自作自受，与李响亮无关，又道出一个鲜为人知的秘密。由于后面的话不清楚也不连贯，靠江凤凰玩拼图那样一字一字地拼凑起来才变成一句话，这句话给了她当头一棒，蒙了。

　　王更生的目光很快就被那沉陷的眼窝一点点地收回去，他的肩膀似乎抖了一下，脚尖也跟着抖了一下，就好像生命最后是从那里溜掉的。江凤凰的脸唰地蒙上一层青光，目光发直，牙齿咬得紧紧的，昏厥过去。有医生上前掐她的人中，过了一阵子，才又有泪水从她的眼里汪开，化作两道明亮的小溪，鼻翼也跟着抽动起来。人们听到哇的一声呼啸，惊天地、泣鬼神。许多人都以为江凤凰在做戏，她当学生时演什么像什么，但是江凤凰没有，她的哭是积攒多年、发自肺腑的。她既为王更生的不幸，也为自己的不幸而哭，一哭就没能停下来。

　　公安人员后来找不到李响亮，只发现他留下了一封信，信里错字连篇地述说两个男人的恩怨和事情的来龙去脉，还郑重其事地蘸了墨水按了手印。公安人员又找来江凤凰，还有李响亮的叔叔李耀汉等人了解情况，前因后果与信里所言基本吻合，既然谋杀不成立，鉴于当时具体情况，派出所上报县公安局，将其当作自杀案件处理，不了了之。

　　南川大队从此少了一个叫李响亮的人，江凤凰的身边却一下少了两人：一个已经死了，一个就算他回来她也不认他。

## 第十一章

王更生死后，大队支委要重选一名新保管。苏支书提名李文华。李文华原是戏子，男扮女装演青衣，因为清城潮剧团解散，又犯了生活作风问题，就被贬到南川大队来改造。李文华二十五六岁，个子矮小、身板单薄，两条胳膊细细的，言谈举止还脱不了戏，动不动就跷起兰花指，动不动就细眉挑起、杏眼圆睁。很多支委对他并不感冒，苏支书就发表了自己的看法："经过一年多的教育改造，李文华的进步是显而易见的，思想觉悟也是突飞猛进的，最近还写了入党申请书。看得出来，李文华是个细心人，还是个有心人，很适合去干保管工作。"

几个支委就再不吱声，自顾自地抽烟、喝茶。

自从苏支书写了检查，声望日降，地位明显动摇。他很郁闷，一直在追查打小报告的那个人。一个大队七八个生产队，吃五谷粮、长百家姓，谁会把"反"字写在脸上？他就去公社找吴书记。吴书记关好门接过他两手递过来的烟，点上，若有所思地吸着、吸着，眉毛突然立起来说："那状还是直接告到上边去的。"

苏支书谦逊地笑了笑，那意思像在问，我该怎么办。吴书记用指节敲着桌子上的文件说："铺张浪费，顶风作案，不好办啊。"

"书记一定有办法。"苏支书故意装出一脸的紧张，心想你再说没办法，那就是不想帮我了。

吴书记抬眼望了他一下，想了想说："都老同志了，今后注意点。写个检查对付一下吧。"

临走时苏支书装作不经意地问了一句："究竟是谁搞的鬼？"

吴书记摇了摇头说："真不知道。不过你也别查了，上头下来的，查也没用。有人告你的状，也是提个醒嘛，说明大家对你的工作还是很关心、很支持的。"

苏支书隐约知道，这肯定不是平头百姓所为。平头百姓犯不着得罪他，更何况他平时注意搞好团结。私底里，苏支书有个原则，是潮汕人的一句老话，"开门打狗"。关门打狗，狗急了会咬你一口，又深又毒；开门，意味着网开一面，以威慑、教育为主。当了二十多年的支书，他搞懂了，这当官嘛，说下来就下来，可做人却是一辈子的事。你如果树敌过多，晚年就不会太舒服。凭着从政多年的敏锐性，他感觉到这次告状来者不善，相当棘手，经过仔细排查认真清理，嫌疑人的范围缩小了，说白了，就是在座的这些支委。

苏支书端起茶杯，突然砰地蹾在了那张会议桌上，把围绕在四周的支委们吓得纷纷抬头，抽烟的急忙把烟从嘴里拔出来夹到手指头；喝茶的杯子都拿不稳，好半天才把含在嘴里的茶水咕噜地咽进去。

这么多年，苏支书不怒自威，放个屁大家都当雷声。现在一拍桌子，大家虽怕但已经明白，他的威望大不如前了。

"是不是有不同的意见？"苏支书站了起来，用尖溜溜的嗓音一字一顿地说，"有屁就放。"

会议室死寂一片，倒是窗外灌进来一阵猛风，将挂在墙上的好几面奖旗吹得猎猎作响。

苏支书在大家的背后慢慢地蹾步，好像在玩丢手绢的游戏。

"是不是有人觉得我写了检查就打算取而代之啊？"

大家都不敢往后看，好像动一下就会遭到怀疑，动一下就要变成苏支书的下一任。

苏支书犀利的目光像把尖刀，在他们的背脊上划来划去。

"我告诉你们，吴书记在公社党委会上是怎么说的，他说'苏世珍是个好同志'，老子依然红旗不倒。"

举手表决，苏书记的目光又跑了一圈，检查谁的手没有举起来，检查谁的表情迟疑不决。结果支委们都表现得很好，不但齐刷刷地举起手，还面带微笑，十分拥护支书的英明决定。

"通过。"苏支书带头鼓掌，大家也跟着鼓掌，声音像一群误闯会议室的小鸟盲目地飞来飞去。

李文华从苏支书接到王更生那大串钥匙的时候几乎要哭出声来。他拼命地忍住，把眼眶涨红了。苏支书带着他来到办公室，指着一排抽屉说："现在，你就是咱们南川大队的'红管家'。"

李文华声音哽在喉头发不出来，只能狠命地点头。苏支书又把他领到仓库，撩开那块深色的布帘，指着王更生的那张床说："这个，你继续用。"

李文华打了个寒战，嗫嚅地说："不、不用了。"

苏支记叉着腰，身子往后仰，像领导干部在观看什么展览，笑眯眯地说："会有用处的。"

临走时，苏支记很紧地握了下李文华的手，大拇指还在他白皙的手背上揉了揉，有点恋恋不舍，又有点意味深长。李文华吓得只想把手缩回来，又怕太唐突了，手心全是汗。他在想，都说手软能当官，支书的手果真软得像棉花。他又在想，支书这捏一捏、揉一揉是何用意？不会是在挖苦我、讽刺我吧？整个大队，也就一两个人知道自己犯过什么生活作风问题。最让他惴惴不安的是，苏支书为什么要力排众议，让他这个戴罪之人来顶这个肥缺？难道仅仅因为自己工作积极？李文华没有想通，但是一个月后苏支书就让他想通了。

冬至刚过的那天晚上，苏支书约李文华到仓库聊聊。会议室那么大他不去，偏要到昏天黑地的仓库；白天那么多时间他不谈，偏要拖到了晚上。李文华心里直打鼓，揣测着他此来的真正目的，肯定不是谈工作、谈学习那么简单。

苏支书来了，带着一身凉气。外面已经刮起小北风了，他抖抖索索地将一个黑色人造革提袋放在小桌上，拉开拉链拎出一瓶酒，还有两个尖尖的纸筒和一包油浸浸的东西。见李文华一脸迷惑，他就自己动手，把王更生原来用过的盘碗搬出来，很亲切地生气了："还愣着干什么？洗去呀。"

李文华明白了，天变冷，苏支书想在这里喝点酒，暖暖身子。听说他的酒量不错，以前的王保管老被他灌醉。李文华不敢怠慢，抱起一摞盘碗往外走。苏支书熟门熟路地把小方桌挪到十五瓦的灯泡下，慢悠悠地打开纸筒，一纸筒是炒过的花生米，一纸筒是瓜子，那渗出油来的纸包是切成了片的猪头肉。

苏支书把猪头肉扇面似的展开在泛着水光的盘子里，郑重其事地撒上芫荽末，像要拿去展览似的。他又划了根火柴，李文华赶紧把酒瓶的瓶嘴凑上去，蓝色的火舌往上舔，把那层红艳艳的塑料膜烧得翻卷起来。

"这可是酒厂里内部供应的，外边买不到。"苏支书瞟了李文华一眼说。李文华咽着口水，低头哈腰地说："还是支书有办法。"

"坐，干吗站着？今天就你我，喝个痛快。"

支书抢过酒瓶杵到嘴里，用槽牙咬开塑料盖子，往蓝花碗里一戳，咕咚咕咚地满上酒水，正要倒第二碗，李文华赶紧拦住："支书，我从不沾酒，不会喝。"

苏支书盯着空碗一脸的失落。

"小李，你不会是想让我乘兴而来、败兴而归吧？"

李文华心想既然推不掉，还不如干脆点，脑子里立即蹦出一句戏文，就说："那我就舍命陪君子吧。"

"好，算我没有错看人。"支书就给了他一碗。

"来，喝。"苏支书真是海量，半碗下肚，脸不改色心不跳。

李文华望着碗里的酒水就像望着毒药，畏惧地说："支书，我可不可以悠着点？"

苏支书很豪爽也很亲切地说："别支书支书的，坐下来喝酒就是兄弟，就是朋友，你随意吧。"

　　一股热流涌遍李文华的全身。到了南川大队，以为从此一条道上走到黑，没想到苏支书把他给救了。士为知己死，诗向会人吟，一股血性上来，已经奋不顾身、视死如归了，他端起碗，一点都不怕，就当是碗苦药。但酒毕竟是酒，它像一条火龙辣辣地穿过喉咙，在胃里炸开来。他捂着嘴，但捂不住那放鞭炮似的脆响。苏支书站起来走到他身后，轻轻地拍着他的背，慈祥地责怪说："你看你，不能喝就小口点，呛到了吧？"

　　李文华的咳嗽像匹野马，好不容易才勒住了缰绳。他捂着胸口，却感到后背暖烘烘的，像有个熨斗在来来回回地熨烫。他知道那是苏支书关怀备至的手，那只手软得像团棉花。不知道为什么，他很想甩掉那只手，那只手令他感到无比厌烦。但是他不敢，怕苏支书误会。

　　苏支书把手撤回去了，但尖尖的声音却像从地下阴阴地升起，令人毛骨悚然。

　　"你以前的事我全知晓。今后，你就跟我吧，我会好好地待你。"

　　李文华的脑瓜子轰隆一下，头皮炸开了，眼前还甩出好几粒金星。刚出虎口又落狼窝！苏支书这个人他了解，全大队的社员也都了解，你要让他没面子，他会让你更没面子；你要是让他难受，到头来你会比他难受一百倍。

李文华没有表示反对，但目光已经短得没了神气。

人生啊，走错了一步就可能一错再错，为什么？因为你裤裆里的蛋蛋永远捏在别人的手里。

李文华看到苏支书幽灵似的回到原位，尖着嗓子兴奋地说着什么。他使劲地眨着眼睛，伸长脖子问："你说……什么？"

苏支书不悦地说："快，给我来段《龙江颂》。"

第十二章

降服李文华，苏支书又琢磨该如何惩治江凤凰。如果江凤凰不淫荡，王更生就不会死，他苏世珍也不至于冒天下之大不韪硬挺这个小戏子。战战兢兢的李文华让他更加怀念起王更生种种的好来。听说江凤凰的肚子都怀了小杂种，苏支书想趁此机会让她的"阴谋"流产，替王更生出一口恶气。

在南川大队，江凤凰已被大多数人视为瘟神，就连她的亲哥也唯恐避之不及。大家虽然远离着她，却又无时无刻不惦记着她，特别是惦记着她肚里的孩子。

"西瓜没宰，不知红白"，他们在私下里打赌，用一盒香烟或一只鸡做赌注，那孩子究竟是谁的种。有一半人押王更生这边，还有另一半押在李响亮那边。

怀孕，对于一个刚刚失去两个男人的女人来说，到底意味着什么？怀念，抑或是一种惩罚？这个问题连江凤凰自己也弄不明白。历经大风大浪之后，她倒是变恬淡了、沉着了、豁达了，除了肚子里的孩子，还有什么好失去的？现在，唯一困扰着她的是这孩子生下来该跟谁姓。她问过自己："你更爱王更生，还是李响亮？"答案一样模棱两可：两个都爱，又两个都不爱。她既爱王更生的老实善良、文质彬彬，又爱李响亮的生龙活虎、放荡不羁。文雅点说，她既喜欢王更生的灵魂，又喜欢李响亮的肉体；粗俗点说，她喜欢王更生的大脑袋，又热爱李响亮下面的小脑袋。在她眼里，王更生是油炸虾片，又薄又脆，只到喉不到肚，一沾口水就雪花似的融化；李响亮是锅巴，又粗又硬带着点煳味，却又实实在在地有嚼头，能饱肚子还容易上瘾。按道理，她该爱王更生多一点，但是他却像兄弟姐妹，握他的手就像左手握右手。接道理，她应该抵制李响亮这个浑蛋，却不知道为什么虽百折千回却心甘情愿。

连江凤凰自己都瞧不起自己了。她不再像刚出嫁时那样清澈如水、一望见底，看看周围的目光就知道自己是一堆垃圾，迟早会被清理出去。老鼠药虽然不是她撒的，但几乎所有的人都认为王更生就是她害死的。既然大家都这么说，她也只好认了。

一个冬天没事。第二年开春，春风吹着，仍透着股彻骨的寒意。雨淅淅沥沥地滋润着干枯的大地，沉睡的小树吐出了稚嫩的新芽，山坡上、小溪边，到处是星星点点的新绿。歇了冬的农田变得亮泽起来、潮湿起来，像充满了情欲。

苏支书在春耕动员大会上振臂一挥，很煽动性地疾呼："人误地一时，地误人三年，同志们，不能再等了。"

社员们知道接下来连喘息的时间都没有——浸种、播种、薅草、施肥、放水，完了又要种花生、种甘蔗、勒蔗沟、除蚜虫……苏支书还没来得及做指示修理江凤凰，江凤凰所在的生产队队长就抢在了前头，把她安排到最艰苦的地方去了。

江凤凰挺着个大肚子愤怒地找队长论理，队长龇着牙笑了笑："上头吩咐，这次春耕大会战谁也不能落下。"

"上头"指的就是大队，江凤凰就理解成是苏支书的意思。她早有准备，苏支书是不会轻易饶过自己的。

江凤凰就冲到大队去，苏支书正在会议室悠闲地翻阅报纸。

"这事讨论过了，谁也不能例外。"他毫不留情地说。

江凤凰就用双手抚着大肚子装出可怜兮兮的样子，哀求说："苏支书，怕要伤到孩子啊。"

苏支书又冷笑一声："你还怕伤到孩子？"

江凤凰并不生气，半开玩笑半认真地说："更生尸骨未寒，你就欺侮起他的老婆来。"

"老婆？"苏支书把报纸放下来，仰起脸瞟了她一眼，不屑地说，"到现在我还弄不清楚，你到底是谁的老婆！"

江凤凰笑了笑，笑得十分含蓄，笑得颇含深意。她长长地叹了口气说："人走茶凉，这话一点儿都没错，幸好我家更生留了一手。"

苏支书依然盯着报纸，好像上面的国际风云、国计民生令他牵肠挂肚。

"好吧，你不仁就别怪我不义了。"江凤凰走到门口故意回眸，那眼神深似海。

苏支书整个人往后一靠，想起了"开门打狗"的原则，又想到自己风光不再了，在这节骨眼上最好不要节外生枝，就蹙起眉头问："你在威胁我？"

江凤凰把身子扭过来，让那圆圆鼓鼓的肚子朝向他，双手交叉搭在上面，目光里已多了一种凛冽的青光，吐出来的每个字都是一块锐石。

"我一个弱女子，还能威胁到谁？不过话说回来，要是我肚子里的孩子活不成，我也不想活了。我要是不想活，总得拉个人来垫垫背吧？"

"王更生，他、他能说我什么？"

江凤凰说："更生临终前叮嘱过我，有什么事就去请苏支书帮忙，毕竟你们不只是好兄弟，对不对？"

"这就稀奇了。"苏支书不动声色地说。

"苏支书，你是什么人我管不着，但是对于珍嫂、苏彩娥和苏冠军他们、甚至整个南川大队，还是很重要的。"

"我是什么人？！咳，你说我是个什么人？"苏支书气得把报纸哗啦地扔到一边站了起来。

"不男不女。"

四个字从江凤凰的嘴巴里俏皮地蹦出来，像在跟熟人开玩笑。

苏支书却跟中了枪似的往后一仰，重重地坐回到椅子上。

"支书大人，您派的活我是干不了了，您就掂量着办吧。"

望着江凤凰的背影，苏支书许久才哼出一声："这个王更生，糊涂啊。"

人们后来发现，就在江凤凰成为众矢之的的关键时刻，苏支书站出来替她说了公道话。当着全体社员的面，苏支书拼命地为她开脱，他语重心长地说："人的一生，难免会犯这样或者那样的错误，知错就改，还是好同志。"

很多男人在私下里表现得不以为然，酸溜溜地说："英雄难过美人关。"为此他们还编了一段顺口溜，相当地下流："老苏老苏，双腿弯弯，又红又专；猪腰西施，屁股翘翘，还要还要……"

不管怎么说，在苏支书的庇护下，江凤凰的孩子终于顺顺利利地降生了，是个丫头。

江凤凰果断地决定，让女儿姓"王"！这样孩子才能名正言顺，避开蜚短流长，茁壮成长。女儿属牛，早上五点生的，江凤凰把最后的一点点力气挤完，听来帮忙的如叶老婶报了时辰，苦笑一声："五更牛，命苦啊。"

当母亲的就给她起个"菁"字，拆开来是"青草"两字。那意思再明白不过，希望女儿今生不至于挨饿。

别看江凤凰奶子那么大，紧要关头却不出奶，孩子吮不到哇哇大哭。女儿急，大人更急，只好用手使劲地挤，边挤还边骂，说它们是一对中看不中用的鬼东西。最后无计可施，江凤凰只好煮些米汤喂女儿，待她大一点，又喂她米糊，就这样吃出一副营养不良的样子来。在同龄孩子中，菁菁不但个头矮小，还瘦得皮包骨，为此江凤凰常常觉得对不住她，对她更加肉疼。

## 第十三章

龙盼盼降生的第二年，苏支书出事了。

那是个初夏的夜晚，一盘月亮悠悠地翻过屋脊，爬上树梢，好似玉米饼，油油黄黄地贴在湛蓝的天边。干净、透亮的光跌落在河面上，蹦蹦跳跳。沁凉的风把水稻灌浆抽穗那香得发甜的气息带到了热闹的晒谷场。公社的放映队又深入基层，给南川大队广大的贫下中农带来精彩的节目。

和往常一样，南川大队的气氛相当祥和，相当团结，相当奋进。孩子们晚饭前就跑来抢位子，用瓦片在地上歪歪斜斜地划出各自的地盘。回到家，三两下把饭扒进肚子里，扛着草席、板凳，蒜瓣似的紧紧挨在一块。晚来的大人只能站在后面，最后来的干脆站到了凳子上。这样，晒谷场的涌动的人头就像梯田分出了层次来。那天晚上一共放了三部影片。池年平高举喇叭提醒大家，好货沉底，葫芦大截在后头，坚持就是胜利——最后的那部片子叫《甲午风云》，是战争片，不是空战，也不是陆战，是海战。大家的眼前就出现了利炮坚船，唰地在深蓝色的海面划出一道道雪白，火光、炮声、浓烟、蘑菇形的巨浪……太振奋人心了，就算拿火柴梗撑开眼皮也要坚持下去。

在晒谷场的周围，有卖各种各样的小吃，瓜子、甘草桃、烤红薯、水煮花生……借着换片的间歇，孩子们像蚊虫一样聚集到昏暗的灯光下，要酸的、要甜的、要辣的，想用刺激的味道来驱除瞌睡虫。食物还没塞进嘴里，口水已经把舌头淹没了。

吃完晚饭，苏冠军就不见踪影，他的脑子里全是未婚妻牛小琼。她的眉目传情，她结实丰满的身子、诱人的体香……今晚他们已经计划好了——"计划"两个字使得这样的夜晚显得格外隆重。他们焦灼不安地看了一会儿电影，就去干他们想干的"事"了。他们之所以这么着急，倒不是因为定亲了，而是苏冠军的几个哥们儿都先他而尝试了，老在他面前炫耀个不

休，说什么男人像打炮，耳边是雷霆万钧雄壮得很；女人像坐飞机潜艇，上天入地死去活来。苏冠军就心发慌，好像流动红旗让别人抢走了。他是支书的儿子，咋甘于后人？就找牛小琼商量。

牛小琼的父亲老牛是南川大队的民兵队长，苏支书的左膀右臂。

老牛长着张国字脸，被太阳晒脆、晒稀了的头发有点自来卷，牙齿很白，下巴很宽，样子敦厚、爽朗。别看老牛是个大老粗，却是个有心人。他还有另一个广为人知的优点：谦虚。据说开头他只是"有心"，在得知苏支书的小腿上长了毒疮后四处求教，并偷偷地跑去山上采药，差点摔个粉身碎骨。苏支书好了以后就在家里备了很像样的酒菜，请老牛一家，从中午一直吃到上灯，又延续到深夜。慢慢地，老牛对苏支书忠心耿耿的事迹就传开来，感人至深。譬如，珍嫂生苏冠军时奶水不足，刚好牛小琼也出世了，牛嫂就一人承担起两个孩子的喂奶任务。有时只够一个人吃，牛嫂就狠狠心给牛小琼喂米糊，气得她哇哇大声抗议。珍嫂很是过意不去，想从牛嫂手里夺回孩子，老牛却理直气壮地说："支书的后代，那是革命的火种，社会主义的接班人，耽误不得，耽误不得。"

苏支书不像他老婆那样絮絮叨叨，什么叫投桃报李？人家送你一只桃子你就得送人家一只李子，光凭几句感谢的话就显苍白了、空洞了。连自己名字都写不好的老牛很快就当上了民兵队长，谁都看得出苏支书在背后给他使力，而且这力还使得相当对路。老牛上任后意气风发，有一次跟别人边喝酒边大谈他跟苏支书的交情——不是兄弟胜似兄弟。他越谈越深入，竟把为支书所做的牺牲如数家珍地罗列出来。苏支书知道后很不高兴，他把老牛找来，照样给他烟抽、给他茶喝，闲聊了一阵子，然后拍拍他的肩膀说："我给你写了副对联，共勉吧。"

老牛知道苏支书的毛笔字写得漂亮，练过什么体的，平时要得到他的墨宝还不是件容易的事，回到家兴冲冲地打开，上面的话很熟悉：

虚心使人进步
骄傲使人落后

老牛夫妇面面相觑，心一点点地凉了。老牛用指节敲了敲脑瓜："苏支书平白无故送我这副对联，怕是别有用心。"

牛嫂想了想说："看意思像是说你哪里落后了。"

夫妻想了一夜，没想透，第二天天刚蒙蒙亮，老牛就起床，先把对联贴在自家的大门口，然后诚惶诚恐去找苏支书。太早了不敢敲门，他就站在风里哆哆嗦嗦地忍了一两个小时的寒冷，头发和衣服都被霜花濡湿了。

　　珍嫂早上一开门，嚯，这个老牛，嘴唇冻得乌紫，赶紧让进屋里。老牛一看见苏支书就喊了一句："支书，我来认错了。"

　　苏支书装作不解地问："你错在哪里呀？"

　　老牛结结巴巴地说："我就是来听支书的批评。"

　　苏支书背过脸去语重心长地说："老牛啊，你现在是领导干部了，要注意形象，注意影响，别喝了几口马尿嘴巴就变成了漏斗，把啥都漏出去。"

　　老牛心里咯噔了一下，明白了。

　　苏支书又把脸转过来说："我知道我对你的要求是高了点，但群众都瞪大眼睛在看呢。要谦虚，要谨慎，都老生常谈了。"

　　老牛把胸脯拍得山响："我一定把马尿戒掉。"

　　苏支书说："少喝一点，对身体还是有好处的嘛。"

　　老牛后来果然说到做到，苏支书知道后吃了一惊，眯着眼睛静静地想了一会儿，说了一句："老牛又断了一次奶，不简单啊。"

　　在大队支委会上，苏支书肯定和表扬了老牛，把他树为谦虚的典型。他要求全大队的党员干部戒骄戒躁，少吹牛、多做事，成为老牛这样的人！从此老牛就更谦虚了。

　　两家的儿女长大成人了。苏冠军喜欢上了比她小十多天的牛小琼，牛小琼却很讨厌这个一脸青春痘的坏家伙。珍嫂明知儿子配不上人家，可又拗不过他一再闹腾，只好出面去探探牛嫂的口风。两个女人先聊天气，再聊收成，又聊大队的妇女工作，最后才切入正题。牛嫂急中生智，使了个缓兵之计，说要问问女儿，其实已有了拒绝的意味。

农村的家庭会议常在吃晚饭时举行，但方针路线早就在昨晚的床上确定了。牛小琼长得有点像父亲，脸宽宽的，眉毛很浓，眼睛很大，脸颊红扑扑，浑身散发出健康的气息。牛小琼的身体发育得很好，夏天穿着件薄薄的短褂，线条毕露，腰有点粗，屁股尽是肉，一看就能生养，完全符合“好女一身膘”的要求。有人夸牛小琼像那些宣传画里的女青年，牛小琼很高兴，却装出不高兴来，嫌画里的人是“死”的，不像真人那么“活”。

听母亲那意思，珍嫂是来求亲的，牛小琼脸色一沉，噘起嘴巴，手上的筷子也停住了。

“还早着呢，提这个做什么？”女孩子喜欢这样委婉地表达自己的不乐意。牛嫂瞟了老牛一眼，直截了当地问女儿：“你嫌他什么？”

牛小琼说：“嫌他的地方多了，不求上进，不学无术，不劳而获，一天到晚只惦记着玩。”

牛嫂挑了根青菜，放在嘴里慢慢地嚼着，她在等待丈夫发表意见。老牛开口之前先要干咳几声以示郑重：“人家都开口了，想推，怕是不好推啊。”

牛小琼嘟着嘴说："强扭的瓜不甜，你说我有对象不就得了？"

牛嫂的眼睛马上瞪大，信以为真地问："谁？"

牛小琼想也没想就答："邹庆邦。"说完脸红得像井台边上的那盆鸡冠花。

邹庆邦是个拖拉机手，人肯干，也爱学习，经常跑到公社参加夜校补习，学到了不少侍弄庄稼的本领。在南川大队，像这样的后生真是提着灯笼也难找。所以邹庆邦这块肉，不只牛小琼一个人眼馋，好多女孩子都想夹进自己的碗里。不过到目前为止，还很少有人敢轻举妄动，都怕配不上他，自卑得要命。不到万不得已，姑娘们是极少提及他的，仿佛他已经是别人的了。

牛嫂跟丈夫商量了一下，就去苏家回话，说牛小琼瞒着父母悄悄地谈了，对象是开拖拉机的邹庆邦。

苏冠军知道后很不服气，决定去找拖拉机手谈一谈。

那天晚饭后，红云满天，鸟儿一圈圈地绕着树冠寻找归宿。苏冠军站在村口，抱着膀子，头抬得很高，脸上的青春痘比手电筒里的小灯泡还要红亮。这是邹庆邦上夜校的必经之路。苏冠军早就看不惯这小子了，好像自己得了个"浪荡子"的骂名是他造成的。远远地，有个黑影飘飘忽忽地过来，像在追逐自己背后的斜阳，到了近处，苏冠军才敢肯定就是邹庆

邦。邹庆邦看到苏冠军向他走来，一脸的惊讶，因为苏的后面
还跟着两个人：河蚌和河蚬两兄弟。因为打架，他们自小就出
了名。他们叉开两条又粗又短的腿，手里各执一根木棍，响响
地拍打着另一个手掌心。

"邹庆邦，我有个问题想问你。"

邹庆邦战战兢兢地，不知道这个混世魔王要问什么。

"什么事？"

"坦白从宽，抗拒从严。你和牛小琼到底好了多久？"苏
冠军怒气冲冲地问。

"牛小琼？"简直是莫名其妙，邹庆邦的心定下来了，大
着胆子说，"我从来就没有跟她好过。"

苏冠军哈哈大笑："你小子是吓破胆了吧？"

邹庆邦不吭声，心里却反倒记起了那个健康开朗的女孩
子，记起了她结实、饱满的身子。

"我警告你，你要是敢跟她在一起，老子叫你满地找牙！"
苏冠军说完打了个响指，带着两个打手大摇大摆地走了。

苏冠军当晚就去找牛小琼，她不在家，回去时，正好碰见
她和几个姐妹有说有笑地迎面走来。

"小琼。"苏冠军大声地打起招呼。姐妹们都看着牛小琼，
还用肘部偷偷地碰了碰她，说："人家叫你了，还不过去？"

姐妹们都知道苏家和牛家的关系，那是发梢都要打个结的

关系，但牛小琼却不乐意她们把苏冠军称作"人家"，太别扭了。她高高地仰起头不想理他，没想到苏冠军却厚着脸皮跑上前拽了拽她。她就生气了，大着声问："你想要流氓？"

"我就是想要流氓。"苏冠军一本正经地回答。那几个女孩子就哗地笑开来。牛小琼却不笑，她甩开他的手说："你再胡来，我找你爹你娘告状去。"

苏冠军就开怀大笑："我爹我娘还想找你呢，问你愿不愿意给我当媳妇。"

"无耻。"牛小琼气急败坏地说。

苏冠军咧开嘴，舌尖像把牙刷把两排牙齿舔个遍，嬉皮笑脸地说："我有齿呀，无齿那是婴儿。"

姐妹们都以为他们在打情骂俏，纷纷躲开，边跑还边开玩笑："你们两口子慢慢聊吧。"把牛小琼气得哭笑不得，又甩手又跺脚的。之后她没办法，只能跟他谈了，因为在人们的眼中他们早就是一对。再把话说白点，又有哪个后生神经出问题，敢去跟苏支书的儿子争媳妇？

苏冠军和牛小琼虽然好上，但一直都是点到为止，隔靴搔痒。放映电影的这个晚上，苏冠军终于憋不住要动真格了，他对牛小琼说："你跟不跟我结婚？"牛小琼不假思索地答："都定亲了，我不嫁你嫁谁？"苏冠军说既然要嫁我，那我们就先提前"那个"。牛小琼怔了好一会儿斩钉截铁地说："冠军，我不是那种人。"苏冠军说："这我知道。"见她不说话，又解释说，"迟早要办的。"牛小琼说："我娘说，女孩子做这事是越迟越好。"苏冠军说："已经很迟了，你看我的那些哥们儿都提前了，我们还傻乎乎地瞎浪费时间。"牛小琼红着脸，心想反正也快了，管他呢，但嘴上还是阻挠了一下："又不是搞比赛，急什么？"好像这么一说，责任就全落到苏冠军一个人的头上了。

那天晚上，苏冠军把牛小琼带到甘蔗地，抱了几把湿草垫在她的身子底下。牛小琼紧张而又愉快地拒绝了一下，就撒起娇来："你自己动手，我才不管呢。"好像身子已经是他的了。他就笨拙地松开她的文胸、裤腰，对着感兴趣的部位忙碌起来。她躺下来，起先还觉得草茎扎人，还听到苏冠军的喘息声和草茎折断的脆响，接着她就被疼迷糊了，再清醒时，已经听到自己在恬不知耻地喊"要、要、要"。后来她干脆咬住唇不省人事，把苏冠军吓得不敢动。她感觉到他的停顿，活过来两只手使劲地去掰他的两片屁股，往前拽往前撞。苏冠军马上士气高涨，恨不得把吃奶的劲儿都使上。老天爷太聪明了、太伟大了，用这么简单的动作、这么简单的工具，就把伟人庸才、君子小人、男人女人全哄住了。苏冠军虽然累得气喘如牛，却又兴奋不已，从此以后他终于可以跟他的哥们儿平起平坐了。

那天真是花好月圆，各人有各人的福气。南川大队的大部分社员正在大饱眼福，他们变成一只只贪婪的虫子，钻进了电影里的枝枝节节。他们身体不算累，心才累，恨不得拿起枪炮甚至刺刀木棍去跟敌人来个肉搏战。

苏支书也不甘寂寞，一个念头顽强地在脑子里钻来钻去，弄得浑身难受。自从和江凤凰传出了风言风语后，他变得格外谨慎，好些天没有行动了。今晚不同，今晚的许多眼睛都盯在银幕上，拧都拧不过来，谁会分心去注意他呀？

差不多九点，苏支书问妻子去不去看电影，珍嫂听错了似的看着他说："要去你去，前排没位子；后面看的又尽是人头，没劲。"

苏支书就背着双手慢悠悠地踱出家门，心里头却急得不成样子。珍嫂的声音很快就从后头追上来："看到儿子叫他早点回来，别到处惹事。"

苏支书头也不回地答："好。"

家里少了两个人，就显冷清了。珍嫂在天井并排地摆了两条长凳，躺下来，摇着扇子。好像才打了个盹，已经快十一点了。她喊了两声"老苏"，没回应，就胡思乱想起来。

王更生死后，珍嫂第一次感到来自女人的威胁，她有些手忙脚乱的，不知如何应对。男人到了丈夫这岁数，算是人生中最后的黄金时期，如果不抓紧，很快就滑向衰老、滑向平庸、滑向乏味。不少男人都想在这个时间段有所作为，急于在年轻女人身上炫耀自己宝刀未老。不要说男人了，就是在珍嫂的眼里江凤凰也是个尤物。她长着一副饱满、紧凑的身胚，焕发出一脸的媚态，那双会说话的眼睛眨一眨就能把男人的魂魄给勾走。也就是在去年，外孙女刚出世那会儿，珍嫂老爱跟丈夫过不去，疑神疑鬼，指桑骂槐。江凤凰把苏支书的好友给害了，苏支书反而处处护着她，什么意思？

对于妻子的指责，苏支书从不辩驳，到了最后才突然地冒出一句："你别张嘴就乱说！法院要判刑也要讲证据！"令她变成了哑巴。她就在想，证据吗？好，我先放长线，然后再钓你这条"大鱼"。

"是时候了。"珍嫂对自己说。她在井边撩水洗了把脸，清醒一下，拢着松散的头发匆匆地出门去了。她要去找他，但一到晒谷场才发现自己的想法是多么荒唐：黑咕隆咚的，人多得像野草，怎么找？要离开又有点不甘心，就往人堆里挤了挤，还踮起脚尖，结果只看到人缝里闪闪烁烁的亮光。往回走时，她骤然听到了老牛的笑声。他正跟一帮人闲聊。她凑上前却不好意思问他看到丈夫没有，就说："冠军和小琼呢？"老牛说："没见到。"珍嫂刚走了几步，老牛就跟上来善解人意地问："是不是找苏支书？"

珍嫂不好意思了，"你看到他？"

　　老牛就"呃"了半天才说没看到，手却往东边指了指："到那头看看吧。"珍嫂心里犯嘀咕了："这个老牛，没看到苏世珍你问我干什么？"突然明白过来，他是在暗示她——东边不就是江凤凰家的方向？

　　乡村的小巷密如蛛网、四通八达，外地人走在这样的巷子里就像走迷宫。珍嫂心跳加快，脚下兜着冷风，都小跑了。离目的地愈近，她的心愈慌，怕看到自己不想看到的。

　　月光如水，每条巷道都被斜斜地切成两半，一边黑影幢幢，一边白得刺眼。这样的月夜，在珍嫂的眼里变得深不可测，千变万化。

　　江凤凰家的大门没关好，一推开，就看到了一地树影，狰狞可怖。

　　站在江凤凰的里屋前，一种不祥的预感像鞭子一样抽打着她。

　　砰！门被撞开了。

　　珍嫂的尖叫声在昏暗中划出一道寒光。怎么办？还来不及思索，她的身边已经涌出了繁星似的眼睛闪闪烁烁。

　　苏支书的问题很特别，也很严重，不是一般的男女关系，不是一般的生活作风问题，而是一种很流氓很流氓的行为，真是闻所未闻！

## 第十四章

龙婶的腰杆子又挺直了。

早餐，龙春把咸菜端到饭桌上来，饭却没人盛。苏彩娥正照看着生病的女儿，龙婶一个人静静地坐着，等着，一副卸甲归田、准备享清福的模样。龙春伸手去拿碗，被他母亲狠狠地一按一拍，正疑惑着，就看到她的下巴朝堂屋方向指了指，意思再明白不过了。

龙春压低声音说："娘——"龙婶抬起头来凶巴巴地瞪了他一眼。龙春的喉结动了一下，只好把手撤回去。

　　龙盼盼又睡着了，咳嗽声也没有了，苏彩娥松了口气走到院子里。像往常一样，那里摆着张方方、矮矮的饭桌，木头因为渗进了汤汤水水变得黑乎乎的。桌上搁着三个蓝花碗，空空的，生出些晶莹来。婆婆的脸已经别到了一边，丈夫蹲在桌旁指头夹着一截香烟，头垂得很低，差一点就埋进了裤裆里。他们都在等她，他们又不像在等她。他们究竟想要干什么？当苏彩娥的目光再次从那三个发亮的空碗上掠过时，心里黯然：好日子到头了。

　　今天凌晨一两点，牛奋强跑来报信，他年事已高又慌里慌张，说话颠三倒四的。苏彩娥听到"江凤凰"三个字就认定父亲与江凤凰被捉奸在床。老头子还再三转达珍嫂的意思，要苏彩娥暂时别回娘家。

　　窗外一点点地亮起来，龙春起身，看见妻子的眼窝闪着湿润的光，眼珠子一眨不眨的，就摇了摇头无声地走出去。

　　早晨的空气清清爽爽，龙春张开鼻翼、张开嘴巴畅快地呼吸着，好像从牛奋强到来的那一刻他就屏住了呼吸。一夜纷乱的念头，像黑暗被晨光赶跑了，现实往往没有想象中那么严重，老岳父即使是出了事，他们的生活还不是要继续下去？倒是江凤凰的不自爱令龙春心里头极不痛快。

　　"三更半夜的，谁来了？"龙婶问龙春。

　　苏彩娥虽然躺在床上却比任何时候都清醒，立刻竖起耳朵听听丈夫怎么说。龙春轻描淡写的："彩娥家出了点事，没什么。"

龙婶好像已经猜到了，就不再称呼苏支书为"亲家公"了，直截了当地问："是她爹出问题吧？"

龙春厌烦地敷衍着她："不是很清楚。"

龙婶低着头想了想，又凑到儿子旁边神秘地问："是大问题吧？"

龙春拉下脸来说："不知道。"

"连你老娘都瞒？我看这事迟早是瞒不住的。"龙婶没好气地说，"她爹怕是被抓起来吧？"

龙春急忙往堂屋戳了戳，但已经来不及了，苏彩娥一阵风地冲出来歪着脑袋问："想看笑话是吧？不会让你失望的。我爹被抓对你有什么好处？对你儿子有什么好处？"

龙婶也毫不示弱地说："你家出了大事，我就不能问问？不能关心一下？"

"你这叫关心吗？这叫关心吗？这是幸灾乐祸，这是落井下石。"

苏彩娥的眼睛红红的，鼻子也是红红的，她把脖子抻得很长，脸都快碰到了婆婆的鼻尖了。龙春赶紧钻到中间将她俩隔开。

"看你还张狂到几时？"龙婶冷笑说，"打从进龙家的门，就没见你规矩过！忍了你好久了，就是个不值钱的葱蒜，偏把自己当人参！"

苏彩娥被丈夫用力推进了屋里，唇和手还在颤抖。

"没见过这种人，没见过这种人。"她的嘴里不断地重复着这样的话。

龙春觉得母亲太过分了，人家正在伤心处，你不安慰她也就罢了，还一个劲地瞎问，谁听了不生气？他又出去了，母亲还站在院子里生闷气。

龙春碰了她一下说："娘，这事你就少管，人家心烦。"

"我还心烦呢，"龙婶故意敞开喉咙把声音扬得很高，"羊肉吃不到，还惹一身臊。"

"娘，少说一句行不行？"龙春压低嗓门生气地说。

"好好好，我不说，让你们把龙家的名声都败坏完算了。"龙婶伤心地摇着头，还把手指探进眼窝里揩了揩。

吃完了儿媳亲手盛好的白粥，龙婶赌气地出门去。从儿子儿媳嘴里挖不到什么，她就到群众中去，还非要弄个水落石出不可！

到了巷里，龙婶马上就被邻居们团团围住，说天没亮就有人拍你家的门，到底出了啥事。

龙婶有点失望，看来别人比自己知道的还要少，但她马上又转忧为喜，得意地想："哼，也有你们不知道的事，看老娘如何吊吊你们的胃口。"就沉吟了半晌，不是不想说，而是在酝酿感情，在组织语言，怎么说才能引人入胜，怎么说又不会谎报军情（毕竟真相很快就会大白于天下）。有好几个大婶盯着她，张开了充满着期待的嘴巴，像要叼起她吐出的骨头。

龙婶把嘴巴张到最大，再严丝合缝地闭上。人们才听到"唉"的一声，短促、响亮，就看见她的眼眶跟着红了。这样的开头比说什么都强，充满了悬念，又相当地富有感染力。周围的眼睛全亮了，全静止了，期待着她金口重开。这一次她的嘴巴张得很慢，双唇像吃了花椒似的微微颤动。如果不注意到她的下巴，谁也不会马上发现那道微微变大的缝隙，在差不多可塞进一个小指头的时候，声音像张薄纸轻轻地飘出来。

"出事了。"

"什么？出事了？"大家对望了一眼，赶紧把目光返回到龙婶的脸上。龙婶神色凝重地说："不是我们大队的，是南川大队的。"

"三更半夜跑你家，肯定跟你们有关？"有个人好奇地问，另一个马上接上嘴："跟你亲家有关，对吧？"

龙婶不说话，眼珠子跑到了眼眶的左上角，说："我不能说是，也不能说不是，唉——"

龙婶匆匆地走了，她尽可能地走得好看点，因为她知道很多目光意犹未尽地跟随着她。

午饭后，苏彩娥又哄着女儿睡觉，龙婶也躺在床上打盹，龙春偷偷地去了一趟大队。不知道是自己心虚还是别人真的得到消息，一路上竟有不少人偷偷地打量着他。坏事传千里啊！他在罗支书那里坐了一会儿。罗支书没说什么，谨慎惯了，但那凝重的神色还是说明了一些问题。他又到马队长那里去，他俩交情颇深，一根烟抽到一半，老马就什么都说了。他说"想不到啊"，叹了口气。龙春就说："他原本不是个风流的人啊。"老马说："你老丈人那不叫风流，那叫癖，怪癖！"龙春吓了一跳问："怪癖？他不是和江凤凰吗？"老马沉痛地摇了摇头，用指节敲着桌面："在江凤凰家，和李保管，那个戏子，男的……"

龙春头皮麻了。老马的声音像一面大铜锣，还在他耳边咣当咣当地敲着："流氓罪呀，比流氓罪还要流氓啊……"

回到家，龙春还没歇口气，就看见母亲黑着脸回来，砰地将大门一关，站在屋檐下自言自语地说："怪事哩。"戛然而止。这话，是故意说给儿媳听的。

苏彩娥马上把龙春叫过去："打听到什么没有？"

龙春骗她说没听到。苏彩娥满腹狐疑地瞟了他一眼，朝外面努了努嘴说："她好像听到什么风声？"

该吃晚饭了，苏彩娥先喂完孩子，见桌上的三个碗仍旧空着，就把饭盛好，也不说话埋头吃起来。龙婶瞥了她一眼扭着脖子说："这吃饭嘛，早就该有个规矩，老人没动筷，后生的哪能动啊？"

龙春看了看妻子又看了看母亲，很慢很慢地嚼着嘴里的饭。龙姘见大家都没理睬她，就对着桌子将筷子碰齐，伸向芹菜上的肉片，一片、两片，总共就那么几片，全被她夹进了碗里。

苏彩娥没有心思跟她闹，脑子里全被父亲的事塞满了。

吃完了，龙春要去洗碗，又被龙姘招呼过去，帮她往针鼻上穿根线。苏彩娥就把碗捡进一个铁盆里，端到井边叮叮当当地洗着。洗着洗着，眼泪啪嗒啪嗒地往洗碗的水里掉。她不是为父亲伤心，而是为母亲，母亲今后的日子可怎么过呀？

到了晚上，苏彩娥无意间听到婆婆问了丈夫一句："你说这男人怎么会对男人感兴趣？"

丈夫支支吾吾地说他也不知道，又听到婆婆万分感慨地说："阴差阳错啊。"

苏彩娥又把龙春叫进去问。

"你有事瞒我。"苏彩娥盯着丈夫的眼睛说。龙春垂下了眼帘说："也不是故意想瞒你，因为说出来实在不中听。"

苏彩娥听完后傻眼了，嘴里不停地问："怎么会？怎么可能？"

她再有想象力也想不到父亲会干出这种见不得人的勾当！她宁愿他去强奸女人，宁愿他杀人越货。泪水从她的眼角哗哗地流下来，她也不抹，任由它纵横交错。

龙春只有紧紧地拥着妻子，这个时候任何言语都显得苍白。

第二天，苏彩娥还是决定回一趟娘家。为了不叫人看低，她故意穿上了最心爱的浅绿色格子衬衫、深棕色的裤子，头发整整齐齐地往后梳去，编成两条结实的短辫子，辫梢再用橡皮筋儿绑在一起，不过前额那一绺耷拉下来的头发，还是给她没有血色的脸蛋儿平添了一丝哀怨。她脸色蜡黄，双颊凹了下去，眼睛显得格外大，空洞、冷漠，人们一下子看到了她当姑娘时倔强的影子。

在路上，苏彩娥一直在想象母亲见到她后会有什么反应。在这场不幸中，母亲是最无辜最受伤的，这么多年她一直蒙在鼓里，都四五十岁了，才发现丈夫居然还喜欢男人。丢人哪，把脸都丢尽了，把苏家的祖先们全辱没了。苏彩娥狠心地想，父亲最好被拉去枪毙。

跨过那道千疮百孔的石桥，苏彩娥在村口与牛小琼不期而遇，这个未来的弟媳很不自然地跟她打了个招呼："彩娥姐，回来啊？"

苏彩娥匆匆地点了下头，逃难似的加快步伐。她突然有种预感，小琼与弟弟的婚事悬了。

上礼拜苏彩娥还回过娘家，可今天一进门，怎么会有一种陌生的感觉？家里的一切摆设都没变，只是弥漫着一种荒凉的气氛，多了一种清冷的静——它们如丝如缕，渗透进她的毛孔、神经末梢。她站在院子里忍不住地大喊一声："人呢？"

珍嫂跟跟跄跄地跑出来。她没有哭，也没有闹，嘴角还挂着一种自我解嘲的、淡淡的笑。她帮女儿解开背带，抱住了外孙女。她整个人老了一头，眼袋红肿，脸上的肌肉松松垮垮，额头上有一绺头发全白了，像一缕阳光很亮地落在上面。

苏彩娥没再问什么，兀自进屋，一间间地看，没看到父亲，明白了。转回厅堂，看见母亲正咂着舌头逗女儿玩，就问："弟呢？"

母亲朝那张八仙桌上望了一眼，不说话，又低下头去。苏彩娥跟着望过去，目光立刻被那几个包裹吸引住了。她走上前轻轻地打开其中的一个，里面放着布料，有哔叽、涤确卡，都是深颜色的，还有一块色彩明亮的花布，可以用来做裙子。那都是苏冠军定亲时送到牛家的。

牛家要退亲了。有股苍凉从苏彩娥的心头滚过，身上冷飕飕的。世态炎凉啊！她静静地想了好一会儿，说："娘，你帮我看着盼盼，我出去一下。"

母亲抬起头，用奇怪的眼神看着她。母亲的嘴唇没动，但苏彩娥已明白她想说什么："出了这么丢人的事，你还想披红戴花去游街呀？"

苏彩娥才不管呢，眼看家快散了，父亲又命运未卜，别看母亲平时张牙舞爪，现在却像一只无脚蟹一样躲了起来。弟弟呢，肯定是藏在哪里舔伤口去了。跨出门槛，她的心头热腾腾的，涌起了一股神圣的使命感，好像一家人的命运全交给了她，她有责任重整旗鼓，重新撑起苏家的门脸。这么一想，她浑身竟生出了力量，两只拳头攥得紧紧的，要是此刻有谁敢来闲话，她非得让他吃上一拳。

　　沿着土坡往下走，那些熟悉的竹子一蓬蓬的，绿得发黑，四周的空气似乎也染上它的绿汁，变得清凉起来，有头老牛伸着脖子嚼着一堆青草，嘴边挤出了雪白的沫子。坡上有人驻足，在额头搭个凉棚看着苏彩娥朝河岸走去。

　　江凤凰家那两扇丑陋的木门被苏彩娥拍响了，嘎吱开了道缝，露出一张长满了老人斑的皱脸。苏彩娥认出是如叶老婶，还以为自己走错了门洞。

　　"彩娥啊，你找凤凰吧？"老人家哗地把门打开把她让进去。有个小女孩，小脑袋、大眼睛、长脖子，手臂像麻秆一样细，见到陌生人吓得往里跑，还一路地喊"娘、娘、娘……"

　　江凤凰从后院出来了，手里拿着翻草用的丫杈。见是苏彩娥，她似乎吃了一惊，但很快就镇定下来。她俩又不是头一次见面，只是因为不同类玩不到一处。打心底里，苏彩娥当然不屑与一个叫"猪腰西施"的女人交往了。苏彩娥看见过江凤凰面不改色地与几个猪肉佬开玩笑，每一句都颇费思量，每一句都另有所指。她还笑，笑得花枝乱颤，浪得很。有一次她刚好回头，倒弄得苏彩娥有些不知所措。嫁到月窟大队后，苏彩娥逢年过节回娘家，也常会碰到江凤凰。每一次江凤凰都给了她这种强烈的感觉：妖！媚！

江凤凰把丫杈放在一边，撩开一绺垂下的长发轻声细语地问："有事吗？"

今天她穿了件白色的短褂，胸脯绷得高高的，衣襟都咧了嘴，看得见里面粉嘟嘟的肉。她的头发很好，肥厚地、随意地堆在脑后，衬出耳后和脖子那诱人的白来。她的眼神是慵懒的，也是机警的；是温柔的，也是倔强的。有关她的传说像野花野草遍及清水河的两岸。在人们的眼中，江凤凰是个坏女人，也是个不简单的女人——王更生被她克死，李响亮畏罪潜逃，苏支书还在她家出的事……为什么会在她家？真是个谜啊。这倒让苏彩娥记起父亲最喜欢的一句话，"越危险的地方就越安全"，现在看来，危险的地方并不安全！

"凤凰姐，有个事想请教你。"苏彩娥忍住伤悲大方得体地说。

江凤凰笑得十分天然，也十分客气，就好像苏彩娥还是支书家的千金，没有逾期作废。

"别姐啊姐啊，我没比你大多少，都让你给喊老了。"

苏彩娥笑了笑，敛住了，直奔主题："那天怎么会在你这里？"她省略掉了"我爹"两字，她觉得他不配！

江凤凰也不笑了，两只眼睛盯着远处，过了好一阵子，才把收回来的目光冰凉地掷在苏彩娥的脸上。

苏彩娥浑身一震，脸红了起来。她不知道这问题是不是问得太过分，是不是戳到了人家的痛处。

"苏支书喜欢我这地方，我能不借吗？"

江凤凰很明白苏彩娥此刻的心情，所以也没有一口一个"你爹"。

"喜欢？"苏彩娥愕然了。

"是啊，"江凤凰低着头又抬起来，鼻尖红了，她话里有话地说，"苏支书很念旧。"

"他，喜欢过你吗？"苏彩娥的话一出口就又后悔了。愚蠢啊，他都有那癖好怎么还会喜欢她？今天到底怎么回事，牙齿老咬到舌筋上。

江凤凰并不生气，也没有急于回答，她将扎成一团的长发披散开来，还顺势抖了一下，那根红色的橡皮筋被套在白白的腕上。她抬起头来笑得十分凄楚，泪珠从眼角颤了出来，伸出一个指头飞快地揩了一下，再一下，两颗泪珠就碎在了指尖上。她抿了下嘴，腰身柔柔地靠在金凤凰树的树干上，两只手握在一起放到胸前，像要放声歌唱。她把这一连串的动作做得不动声色，浑然天成，连苏彩娥这样见过世面的女人都看呆了。不知道是什么道理，要别人这么做只会平淡无奇，江凤凰做起来却别有一番风情，妩媚得扣人心弦。

"怎么可能？"江凤凰凄美地摇了摇头，声音里还绞缠着一缕幽怨，好像苏支书伤透了她的心，剪不断、理还乱，"不过，我还是要谢谢他，他帮了我不少忙。"

一个念头烫了苏彩娥一下，她哆哆嗦嗦地问："难道他一早就跟你家王更生……"

江凤凰不说话了，过了好一会儿，声音如丝像从遥远的地方抽回来："人都死了，还谈这个干什么？"

苏彩娥噢地叫了一声，浑身乍出了一层鸡皮疙瘩。

"这件事，我总觉得背后有阴谋。"苏彩娥犹豫了一下，还是把憋在肚子里的话说出来。她也弄不清楚自己为什么要跟江凤凰说这些。

江凤凰的眼帘沉下去了，嘴巴却噘起来，像在弄明白她话里的意思。

"那些人不早不晚，偏偏就在那时一齐出现。"苏彩娥果断地说出她的怀疑。

"还不是有人一早就盯上支书这个位？"江凤凰的口气没有夹杂一丝感情，好像在评价一件遥远的事，"你给女儿摆满月酒，不就有人告过状？"

苏彩娥眨了眨眼，脑子就像用湿布抹过的玻璃一下清晰了，她愤慨地说："我知道了，肯定是那个忘恩负义的狗东西。"

"知道了也没用，苍蝇不叮无缝的蛋，谁叫苏支书让人抓住了把柄？"江凤凰的目光开始游离不定了，她只想尽快结束这次谈话，因为现在，再说什么都没意义了。苏彩娥也似乎明白了她的想法，真心实意地说："谢谢你，凤凰。"

江凤凰摇摇头说："彩娥，再多的人骂我，我都无所谓，我只是不希望听到你的骂声。"

"凤凰，真的很对不住！"

苏彩娥突然感到特别难为情，好像做错事的是自己，而不是父亲。走到门口，她又回过头来，用暖暖的目光把江凤凰包裹起来，从两片薄薄的唇中间却迸出几个又冷又沉的字："他，罪有应得！"

## 第十五章

南川人再见到苏支书已经是一个多月后了。

苏彩娥走在前面，苏支书走在后面。前面的，人们是想看看她的脸色；后面的，人们想瞅瞅他的变化。苏彩娥像个开道的武士冷若冰霜，挥舞着刀子般的目光一路披荆斩棘。苏支书却没了往日的威风，一头油亮的头发枯干了、灰白了，腰背也佝偻起来，两只灰色的眼睛盯着地面像在寻找丢失的钥匙。

人们的目光像一条条馋嘴的狗跟在苏支书的后头，拐进巷子，到了苏家才被苏彩娥狠狠的关门声吓了回去。

　　听说苏支书能平安回来，苏彩娥功不可没。她一个人跑到县城里活动了好些天，终于找到一个给县长当司机的老同学。县长一过问，苏支书就奇迹般地被释放了。

　　只是，南川大队支书的位子早就给了老牛，没办法，苏支书只能变回苏世珍。

　　牛小琼和苏冠军的婚约很快就被牛家单方面地解除。苏冠军拿着刀子冲到老牛家去理论，结果被几个民兵给收拾了。这些原本对他毕恭毕敬的后生，互相递个眼色围上去，拿着扁担往苏冠军身上抽，抽得他喊爹喊娘，狼狈逃窜。几天后苏冠军才敢出门，远远地，他看见牛小琼在晒谷场上学开拖拉机，邹庆邦手把手地教着。那拖拉机很牛叉地吼叫着，声势浩大地转着大圈圈。苏冠军忍不住想过去，但周身的伤痛马上提醒了他。

　　牛小琼本来就喜欢邹庆邦，原来觉得配不上人家，私下里聊起来还一口一个"人家邹庆邦"，好像远在天边，现在老牛当支书了，"权"大气粗，一招手那后生就近在眼前。只是她常常想到那天晚上，稀里糊涂地让苏冠军占了便宜，特别揪心，毕竟男人都在乎这"头啖汤"。

　　苏冠军怕见牛小琼又想牛小琼，他像条受伤的狗每天蜷缩在她家附近的某个角落，静静地等待着她。他不敢再骚扰她了，只求多望一眼就满足了。每次邹庆邦都像个保镖，寸步不离地保卫着牛小琼。其实牛小琼早就发现了苏冠军，但却视而

不见，还臊烘烘地抖动一头秀发，挟着股香风大模大样地从他
身边扭过去。

　　看着苏冠军的馋样，河蚬就拿他寻开心："苏冠军，小琼
不是你未婚妻吗？怎么会落在邹庆邦那小子的怀里？"

　　河蚌也跟着起哄："你是不是跟你老子一样也只喜欢男
人？"

　　"遗传嘛，老苏喜欢什么，小苏也就喜欢什么。"另一个
小子笑嘻嘻地说。

　　苏冠军站起来怒目而视，想冲过去跟他们拼了，但一抬
手，受伤的肌肉筋骨疼得他嘶嘶地倒吸凉气。

　　"来啊，跟老子过过招啊，谁怕谁是小狗。"那两兄弟已
经拉开了架势。

　　好汉不吃眼前亏，苏冠军恨恨地扭过脸垂头丧气地走开。

　　回到家，看见父亲苏冠军的气就不打一处出，故意把大门
撞得如山响。

　　苏世珍正钩着头，坐在院子里晒太阳打瞌睡。他已经是孤
家寡人了，连妻子也不愿跟他睡在一块，怕被玷污似的。响声
把他吓了一跳，抬起头来看见儿子已经站在他前面。他不知道
儿子要干什么，他根本就懒得去理他。

　　"你怎么还不去死啊，你！"苏冠军涨红着脸说，"我要
是你，早就去跳河了！"

苏世珍缓缓地站了起来，指着自己的鼻头问："你——是在和我说话吗？"

"不是和你说，和鬼说？"苏冠军梗着脖子，凶狠的目光撞在父亲的脸上。

"你娘教训我，你姐教训我，现在轮到你小子也来教训我？"一股火气撞上来，憋在苏世珍心里多时的恶气像狂潮一般奔泻而出，他尖叫着张开两只手左右开弓，疾风骤雨般噼噼啪啪地打在儿子的脑门子、两颊、脖子上。

可怜的苏冠军被父亲打得晕头转向，但东倒西歪的脑袋一次又一次地被自己执拗地拧回来。苏世珍没有被儿子那双逼视的眼睛吓倒，相反被激怒了。他把手指捏成了拳头，更重更狠地落在儿子身上，嘴里还不停地骂："看我不打死你这小王八蛋，你这小王八蛋……"

苏冠军只觉得身上那些没有痊愈的伤口又重新裂开，彻骨地痛。他不得不往后退，最终蜷缩到了墙角。这时候如果苏世珍偃旗息鼓或许就没事了。但是他不依不饶，"开门打狗"的原则早被他抛到九霄云外去了，在他眼里，儿子变成了可恨的老牛，变成了见风使舵的支委，变成了落井下石的社员……

不知什么时候，苏冠军的手里已经多了把晾衣服的丫杈，蓝幽幽的铁头锐利得很。

"打够了没有？操你妈——"

珍嫂听到儿子竭尽全力的怒吼，急忙从里屋跑出来，却看见丈夫背对着自己像树干一样轰然倒下，激起的灰尘在阳光里飞舞。一根木棍笔直地插在他的胸腔上……

苏冠军的眼睛亮如银箔，一道寒光倏忽而过，他尖厉地叫了一声，双手把铁权扔得老远，呼地跑出门去。

就这样，苏家父子一个死了，一个疯了……

苏支书这棵大树一倒，江凤凰敏锐地意识到末日来临了。

老牛好色。刚当上民兵队长的时候，有人在社员孙黎明家附近发现了几个废电池，大方块，黑色，接驳着几根黄色红色的电线。孙黎明家在南川大队的西边，与农田接壤，有点偏僻。家后面有个大泥潭，长着连天的荷叶，泥潭再过去就是清水河。大队很紧张，一边上报，一边派民兵日夜监视。他们怀疑有阶级敌人蹚过清水河，潜伏在荷潭四周，搜集我方情报。老牛就自告奋勇地埋伏在孙黎明家。那些天，生产队长很知趣地派孙黎明到"海田"（拦海造的田）去放水，路途遥远，一去就要好几天。听说老牛埋伏着埋伏着，就"埋伏"到了孙黎明老婆的被窝里。这件事后来被孙黎明的老母亲发现了，她虽行动不便，耳朵却还灵光，听到隔壁房不停传来儿媳的叹息声、呻吟声，还以为她病得不轻呢，就扶着墙，强撑着病体一步步地挪过去。出现在她眼前的是一个比想象更加惨烈的场面：老牛和儿媳妇正展开斗争，龇牙咧嘴死去活来。老人家就大喊救命，好在老牛溜得快，否则这民兵队长就当不成了。孙黎明后来告到苏支书那里，苏支书一边稳住他说可能是他老娘年迈眼花没看清楚，一边把老牛叫来狠狠地训了一顿。苏支书说得对："蛮干，把一切都暴露在敌人面前，还能做好反敌的工作吗？要隐蔽，地面不行就到地下去嘛，打一枪换一地嘛。"

老牛吓出一身冷汗，从此后他就搞游击战术，声东击西，神出鬼没，绝不给别人留下把柄。

王更生死后不久，老牛摸黑过来慰问江凤凰，带来的"入门笑"是一袋地瓜。

"这是'菊花白'，好吃得很，尝尝看。"

一个五大三粗的男人，非要捏着鼻子说话，像被阉过，鬼叫似的难听。江凤凰心明眼亮，她镇定地给他倒了碗水，然后倚在了门边，心想你要上来我就跑。他明白她的意思，就坐下来点了根烟，问她："有什么困难需要解决，尽管说。"

江凤凰冷淡地说："再大的困难也不能麻烦组织。"

老牛第二次光临，发现江凤凰家门口已经多了条黑油油的大狗，它眼珠子冒着绿光对着他汪汪狂吠。如叶大婶闻声而至，边走边唱歌似的说："哎哟，是老队长呀，什么风把你吹过的？"那声音挺大的，像谢苗苗在广播，四乡六里都差不多听见了。老牛很尴尬，很局促，一袋花生放下不是不放下也不是，想了很久，牙缝里挤出一句话："江凤凰，有你的！"

老牛回去后就要江凤凰的生产队长好好地"关照"她。江凤凰还以为那是苏支书的主意，不得不拿死人的话去吓他这个活人。苏支书吃了哑巴亏，心里头却敞亮着，不用问，江凤凰身上的屎是堆牛屎，老牛屙的。他就找老牛，要他别再打那寡妇的主意。老牛愣了一下，心想你不要那我要了，你又不吃亏，指手画脚干什么？就老大不高兴地问："为什么？"

苏支书沉下脸去一字一顿地说："王更生死了，你还要他老婆死不成！"老牛就不敢了，再借他个豹子胆也不敢，但是，心里头的那个疙瘩却化不掉，碰见江凤凰就故意装出一副冷眼旁观的样子。

现在换支书了，南川大队改弦易辙，一切向老牛看齐。他在晒谷场上召开群众大会，唾沫横飞，踌躇满志。他讲话的特点是嗓门大内容少，像个风柜吹出来的尽是谷壳。连不识字的老太婆都知道，老牛那水平比不上苏支书的一根腿毛。老牛虽然没水平，但有权力，那个夏天，江凤凰就像一团软面被他摊在烈日下干烙，烙出了煳味。

六七月，甘蔗长到半人高，绿色的叶子像一条条欢呼的手臂，伸向烈日炎炎的天空。勒蔗沟、除蚜虫，都是苦差。太阳硬得像砖头，劈头盖脸地砸下来，你得弯下腰来将甘蔗一畦畦地分开，甘蔗却一点儿也不领情，粗糙的叶子划进了眼睛弄出许多麻辣辣的泪水来；划进了脸上娇嫩嫩的肌肤，汗水再把一道道紫红色的口子濡湿，抹了盐似的刺痛。除蚜虫也一样不好受，拿着棕刷蘸着药汁，像油漆工一样把那些长着白色茸毛的叶子刷遍，不仅仅气味难闻，还容易中毒。谁说人人平等，只是分工不同？牛嫂和那群骚女人，凭什么可以舒舒服服地躲在阴凉处聊天？我江凤凰凭什么就要累死累活？侍弄完甘蔗，又要去拔黄豆，拔完黄豆，还要把茎和叶挑到水田里沤肥，待稻秆和豆藤腐熟，要种晚稻，还得顶着烈日拣掉那些沤不烂的藤啊根啊。水田里蒸腾起浓烈的腐烂味令人作呕，一脚踩下去烫得缩回来。涂泥"咕咕咕"直叫，有气泡从脚趾缝里冒出来。趾缝长了疮痒得不行，恨不得拿刀子把它挖掉。

……想要逼死我，瞎了你的眼窝！

舀不干的水，扑不灭的火！

我不死，我要活！

我要报仇，我要活！

大队的喇叭老在播送《白毛女》，江凤凰张口就能扯上一段。多少次在梦里，她变成了喜儿，朝着老牛和那些鄙视她的人尖叫："我要撕你们！我要掐你们！我要咬你们哪……"

有时候冲动起来，她真想拿把菜刀到老牛家闹革命，可是女儿病恹恹的可怜样一次又一次地掐灭了这个莽撞的念头。

女儿瘦得像只小老鼠，望一眼都会灼痛江凤凰的心。有一天她实在忍不住，向如叶老婶大吐苦水。老人家怎么说？这年头谁容易？你看村头的蔡寡妇，人家还不是照样拉扯着两个孩子？

"是啊，按道理她比我更不容易……"江凤凰若有所思地说。

如叶老婶突然想起了什么，说："听说她还给她家的大虎、二虎喂奶粉呢，我不信，有一天凑过去闻闻，那孩子的嘴里还真有股奶香。"

如叶老婶见江凤凰沉默不语，又说："你跟她熟不熟，看看她有什么赚钱的门路？"

江凤凰跟蔡寡妇说不上熟，但为了女儿，有什么不能做的？她决定去找她。


# 第十六章


江凤凰嫁到南川大队来的那天，蔡寡妇正站在码头上，把一盆衣服卡在腰间，另一只手搭在额角挡住炽烈的阳光。清水河在她身后珠光宝气地流过，拖拉机隆重而热烈地缓缓而行。在擦身而过的那一瞬间，江凤凰记住了蔡寡妇的那张脸：清冷、沉静，像水冲洗过一样，目光笼着烟、罩着雾，有些蒙眬，又有些恍惚，有些失落，又有些格格不入。江凤凰的心一下子被她扯住了，满脸的喜气就僵在那里。江凤凰想，蔡寡妇曾经也是喜气洋洋的新娘子，怎么变成这样子了？江凤凰仿佛看见了自己的未来，看见了快乐的瞬息万变和生活的漫漫长路。

过门之后，刚开头她还兴冲冲地投入到忙碌而琐碎的家庭生活中，渐渐也就明白了，那些家庭主妇为何笑容越来越少、叹息声越来越沉重。

江凤凰家的后院靠着清水河，站在那里，可望见不远处的老码头。老码头很陡，二三十级台阶一直伸进绿色的水里。自从停了渡船，码头被荒弃了，成了妇女们洗衣淘米、涮马桶倒垃圾，男人挑水游泳的好地方。

江凤凰在南川大队站稳脚跟的第一个夏天，看见男人们游水的自在劲儿，心头痒痒的，和几个女人一商量，决定去占领这个码头。她们成群结队和衣而游，游完泳（或洗完澡）后用一块大布一裹，湿淋淋地跑回家。沉沉的暮色和大块的阴影成了她们隐蔽羞怯、避人耳目的最有效的掩体。她们一上岸就贴着墙根悄然前行，偶尔发出一两声压抑不住的低笑。别看南川大队的男人们吼得凶，一见到女人们一齐下水还是乱了阵脚。习惯成自然，几次之后，再也没有男人去那个码头，偶尔有某个不知底细的男孩子从那边下水，他的伙伴就会齐声欢呼，把他笑话得满脸通红。

蔡寡妇有时也会来老码头洗澡，大家都不怎么搭理她。即使有人问她什么，她的回答也是淡得不能再淡，让你心里起疙瘩。王更生出事后，江凤凰在姐妹们心目中的地位已经不如一条狗，不受欢迎程度比蔡寡妇有过之而无不及，这澡自然就不想去洗了。

为了跟蔡寡妇搭上线，江凤凰站在后院，一瞄见她出现在河堤上就赶紧夹了个盆子装作洗头去。起初两人只是点了下头，各干各的。江凤凰把装着茶麸水的盆子搁在上面的石阶，解开麻花辫子让头发瀑布似的奔泻，拿起梳子一下一下、从头到尾地梳，再偏下头将头发浸进了茶麸水里，轻轻揉搓，揉搓出白色的泡沫来，又重新打了盆清水，让头发水草似的舒展开来。淘干净之后，拧干，再用一条毛巾垫在后背，把长发抖散。发梢上的水珠答答地落在衬衣上，透出粉红的肌肤，红枣似的乳头若隐若现。

这时有两三只鸭子游过来，追逐着水面上的烂菜帮子。江凤凰一挥手，溅出几滴水，它们就扑棱棱地拍打翅膀游开了。

蔡寡妇望了一眼，用手背蹭掉额头的汗水，又埋下头去。有别的女人来了，她们旁若无人地叽叽喳喳，说着孩子，也数落起公婆。

"要不要我帮忙？"江凤凰不停地用手指将头发叉开，好干得快一些。

蔡寡妇愣了一下，朝两边看了看，在证实江凤凰是在跟她说话之后淡然地说："谢谢，我自己来。"

江凤凰才不管呢，把手探进她的木桶里拎出件衣服打上肥皂，摊在石阶上一心一意地揉搓。

"你们大虎、二虎谁带呀？"

孩子是母亲永不厌倦的话题，蔡寡妇却没露出丁点的兴趣，她的回答依然十分简洁："自己管自己。"

"你真可以，一个人拖着两个孩子……"

江凤凰说到此处轻叹一声，竟生出了同病相怜的感觉来，没想到蔡寡妇会这么说："一个人才好呢。"江凤凰愣了一下，弄不清她的意思。

"什么？"

蔡寡妇抬头盯着水面说："有孩子就够了。"

蔡寡妇的丈夫是病死的，听说生前脾气很坏，动辄就把她打得鼻青脸肿。

两个人就都不说话了。

江凤凰把手里的衣服汰干净，拧干，丢进蔡寡妇的木桶里。

蔡寡妇站起来甩掉指尖上的水，拽了拽衣角说："我看见过你家菁菁，叶老婶抱着她在村头转，模样儿长得挺标致的，就是瘦了点。"

"她呀，从小就没奶吃，病恹恹的，前两天还得了肺炎，呼吸起来吓死人，跟拉风箱似的……"江凤凰瞥了她一眼，用羡慕的口气说，"不像你家大虎、二虎，挺争气的，长得虎头虎脑。"

"咳，有时也会被他们气死。"

江凤凰话锋突然一转，压低着声音说："蔡嫂，大家都不容易，要是有赚钱的门路可要招呼我一声，我什么苦都能挨，就怕耽误我家菁菁。"

"我一个女人家哪有什么好门路？"

江凤凰知道一时掏不出东西，就打住了，丢下句话："改天到你家去聊聊。"

蔡寡妇警惕地看着江凤凰，口气又变淡了。

"我家乱得像狗窝，怕踩脏了你的脚。"

江凤凰并不怕脏脚，更不怕蔡寡妇的冷落，她坚持去了三趟。

蔡寡妇的家比江凤凰想象中还要乱。那是座"下山虎"式的老宅，住了好几户人家。蔡寡妇住在西厢房，门口用断砖砌起了个"小厨房"。大概是邻里关系不好，暗沟堵塞，污水漫到了门口，臭气冲天却没人管。房间很窄，窗户开得又高又小，里面黑乎乎的。江凤凰第一次进去眼睛不大适应，一脚踢翻了地上的尿盆。蔡寡妇的两个孩子，一个七岁、一个五岁，都是人来疯。他们的嬉闹不时打断了大人们的谈话，等母亲怒目而视，才很不情愿地跑开，但很快外面又响起了五岁孩子的尖叫声，他急匆匆地跑进来，七岁的穷追不舍。五岁的躲到母亲身后寻求庇护，七岁的不依不饶地控诉弟弟的罪行。蔡寡妇一时火起，操起笤帚的木柄横扫竖砸，各打二十大板。大的抱头鼠窜，小的在地上懒驴打滚。蔡寡妇把小的拎起来边斥责边撩起他的衣服，指着一块块伤疤给江凤凰看，看得她牙齿发冷。

"天天都要挨打，好了伤疤忘了痛。"

江凤凰知道她心疼，谁愿意打自己的孩子呀？但当你受了一肚子气从外面回来，也只能拿孩子撒气了。

前两次见面，两个人还没真正聊开就在孩子的哭声中结束。第三次，江凤凰咬咬牙买了半斤红糖，抱着破釜沉舟的心情敲开了蔡寡妇的门。她再也没有耐性了，实在不行就算了。她已经有点怀疑如叶老姊的话了，这个女人又没有三头六臂，有什么能耐让孩子喝牛奶、吃麦乳精？

那天下午，知了烦躁不安地叫着，江凤凰坐在蔡寡妇的床沿看着她给孩子缝补衣服，光线从窗口射进来。逆着光，蔡寡妇的身体被勾出眩晕的线条，看上去像一幅很美的画。江凤凰的眼前又闪过蔡寡妇给她的第一印象——美，但是冷冷的，冷得让人心颤。现在的她，浑身洋溢着女人丰富、水一般明澈的温存和慈祥，像个图画中的圣母。

江凤凰那颗躁动不安的心也随之慢慢沉静下来。两个女人轻声细语地聊着，漫无目的，都是些生活中的点滴，都是些回忆。对于现时，她们实在找不到哪件值得一提的称心事。世界上最远的距离是心灵，最近的距离也是心灵。江凤凰发现两个人正在接近，快要碰到一处了，快要手拉手、肩并肩了。她早已忘记了此来的目的，忘记了家里嗷嗷待哺的女儿。江凤凰又有朋友了，不再像个孤魂野鬼遭全世界唾弃，她心满意足，感到一股暖流从心田畅然而出流遍全身，那种感觉真好，真叫人感动，她真要谢谢蔡寡妇，谢谢这个患难之交。

当江凤凰起身告辞、走出院子时，蔡寡妇突然拉住了她的手。

蔡寡妇的眼神游离不定，嘴巴欲言又止。

"不想说就别说，我能理解。"江凤凰微笑着说。

人一旦有了真挚的沟通，就像掀起窗帘、打开大门能够看见彼此。

蔡寡妇已经下了"士为知己者死"的决心，她果敢地开口了。

江凤凰好像没听清楚寡妇在说什么，她的脑袋像捅了马蜂窝嗡嗡乱响。她的震惊和无措让蔡寡妇羞愧难当，脸一下子由红变白，又由白变红。

后悔啊，后悔自己口无遮拦，后悔自己轻信了这温热而又短暂的友谊！蔡寡妇转过身砰地将门关上，两个生锈的门环发出了喑哑的撞击声。

江凤凰醒悟过来，伸手要去敲门，手到了半空中却停住了。她知道，只有一种办法可以挽回两个人的友谊。

第十七章

苏支书死后不久，龙春和苏彩娥的关系变得十分恶劣，倒不是龙春势利眼，而是苏彩娥的心情坏透了，动不动就是一阵狂轰滥炸，谁赶上谁倒霉。龙婶早就憋了一肚子火，岂能让儿媳再胡搅蛮缠？她不时奚落她一下，打击她一下，说她"心肝大小瓣"，只顾着娘家一头，说她还老把自己当支书女儿要着别人侍候。

养好女，顾娘家，苏彩娥也不例外。刚结婚那阵子，她三天两头地跑回娘家，看父母也看弟弟。龙婶听别人说，她回去后手就没停过，干这干那，根本不像在龙家那样懒得像条虫。不过每次从娘家回来，她就像打了个大胜仗，缴获了不少胜利品，有花生大豆、柴米油盐。她走在前头，拎着点轻的，后面带一两个跟班，扛着抱着背着提着。一进龙家大门，她就放开喉咙叫龙春，叫他的目的不是要他帮忙，而是邀功，邀功的目的就是想在婆婆面前炫耀一番。

婆媳之战，最难受的并不是交战双方，而是夹在中间的那个男人。龙春不是被妻子拉拢利诱就是遭母亲打击报复。苏支书出事前还好点，虽然龙婶一千个不满意一万个不顺心，好歹苏家有背景有势力，龙婶只能忍气吞声，眼下苏家丢人丢到这个份上，你苏彩娥还想仗势欺人？没门！正所谓"三十年河东，三十年河西"，龙婶的怨言一下子如洪水决堤，一股子冲向儿媳。你这×把这里当成什么地方了？想屙尿就屙尿，想拉屎就拉屎。你要是能给龙家延续个半香火，多少我还给你点面子，你一叉就是一丫头，还敢将满月酒摆得惊天动地，什么人嘛！不收拾你我还是你婆婆？龙婶仿佛又回到年轻时，精力充沛，声音洪亮，天不怕地不怕了。

苏彩娥呢，觉得自从家里出了事，丈夫就开始跟婆婆一个鼻孔出气，早就不把苏家放在眼里，恨不得划清界限，不受牵连。她像个好斗的公鸡成天梗着脖子随时准备和任何人拼个你死我活。她对吵架是越来越上瘾，好像只有这样才能泄愤，才能保持内心的平衡，才能重树威望、重塑形象。

偶尔吵个架没什么，天天吵就缠人了，好似那梅雨季节，毛毛雨却点点滴滴透着寒意。吵架还是个累人的活儿，龙婶毕竟年老体衰，次数一多就有些力不从心了。有一次她被儿媳妇骂急了，竟倚老卖老，冲过去想来个先下手为强，没想到苏彩娥滑得像泥鳅，一闪身躲开，她却踩在青苔上，刹不住脚，一头栽倒在地。她索性不起来，大声招呼儿子来看。邻居们趁机跑来参观，他们挤眉弄眼地笑，呜呜呜地笑，笑在喉咙头，笑在肚子里，让龙春相当没面子。他看了看苏彩娥，他的妻子，像个母夜叉一样地叉着双手大义凛然，嘴角还挂着轻蔑的冷笑。他又看了看龙婶，他的母亲，头发蓬乱、衣衫不整，屁股已经湿了一片。她把两条腿绷得很直，好像已经死翘翘，实际上她的样子更像个泼皮，干号着寻死觅活、要龙要虎。

龙春脸色一沉，用命令的口气对苏彩娥说："把娘扶起来。"

苏彩娥嘟着嘴说："她自己跌倒的。"

许多双眼睛都一齐盯着龙春看，他们早就从龙婶的口中得知龙春怕老婆。

龙春没有办法，过去拉母亲。龙婶不愿意，她的手从儿子的手里挣脱出来，咆哮如雷："媳妇打婆婆，你随家随处去问，有没有见过这号事？今儿不给我个说法，我就不起来，呜呜呜——"

龙春把脸转向苏彩娥说:"你给娘道个歉。"

苏彩娥梗着脖子冷笑:"这就怪了,她自己没站稳,我道什么歉?"

龙春很想给苏彩娥一巴掌,好尽快结束这场闹剧,好让自己也让母亲有个台阶下,但是他从来没打过她,别说打,就连骂也没骂过。人们看见龙春的手始终垂头丧气,一点都不阳刚,一点都不雄起,不像村东的李麻子,剥下鞋壳把老婆打得满地找牙只有求饶的份;也不像村西的王不二,把媳妇的头发揪下来一大把,他媳妇还不是乖乖地去给他打酒喝?大家知道龙春不可能做得比那两个人更好,甚至一半的好——龙家人向来都是雷声大、雨点小,吵起架来没啥看头。他们都想走了,但又有点不甘心,一个劲儿地说服自己再等等,或许这次不同于往常。

不知道是苏彩娥一下明白了龙春的苦衷,还是觉得不解恨,她白了婆婆一眼,十分不屑地说:"装死。"

人们看见龙春的眼睛像电焊枪似的喷射出火焰。

"你再说一遍。"

苏彩娥望了望四周闪闪发亮的眼睛,脸一仰,发丝在风中飘飞,她的回答再一次令大家失望:"我为什么要再说一遍?好话就一句!"

"你再说，我撕烂你的嘴。"龙春说。迄今为止，这是龙婶听到儿子对儿媳发出的最雄壮的宣言。她感动地看着他，仿佛他终于长大了，顶天立地了。狡猾的邻居们却一眼就看穿了这对夫妻虚张声势的把戏，刚刚他们还在默默地支持龙春，要他收拾一下这个不知天高地厚的女人，现在又跑到苏彩娥的那一边去，暗暗给她鼓劲。有几个跟苏彩娥不和的女人还故意起哄，变成一支不安好心的啦啦队："彩娥，你就再说一遍，看他敢把你怎么着……"

"你们看啊，生儿子有什么用？还不如生个蛋炒了吃掉呢。"龙婶也不失时机地将儿子一军。这话一出口，已经含着决绝的意味，伤筋动骨了。

苏彩娥要不是被啦啦队吵晕了头就是被婆婆的话气坏了，竟生出了明知是火坑偏要往下跳的勇气来，她指着婆婆大声喊："她在装死。"

"啪"的一声，像谁点了个大鞭炮。

龙春怔怔地盯着自己的右手，那只手充了血，红红的、胀胀的。苏彩娥也蒙了，不敢相信丈夫真的给了自己一巴掌，她的手指像五条虫儿，循着那一声脆响在火辣辣的左脸颊上颤抖地爬动，它们很快就触摸到五条浮凸的、更大的虫儿。泪水呼地抢出眼眶，嘴角跟着剧烈地颤动起来，大家都以为她有话要说，结果她什么也没说，只是任由泪水哗哗地淌下。跟苏彩娥要好的女人赶紧把她推进了堂屋。她一步步地退，目光却像两把刀插在婆婆身上，不肯拔出来。

苏彩娥回到卧室，哗地打开衣橱，把衣服翻出来，一件件地叠好，放进一个袋子里。装好了自己的衣服，又装女儿的衣服、尿布，直到塞不下去。再拿起背布，把女儿绑在怀里。她最后看了一眼这个房间，永别了！这么一想，更加伤感，更加揪心，泪水又呼地涌出来，抹了一下，又潮起一片。她索性不去抹，一手拎起袋子，一手护住女儿，泪水横飞地从丈夫面前走过，从婆婆面前走过，从那么多双眼睛前面经过，以百折不回的气概走出那条幽深的石巷。许多目光在尾随着她们，像橡皮筋一样越拉越长，直到被巷子的转角无情地扯断。

半个月后，龙春受不了了，感情和生理上都受不了，就低三下四地上苏家的门，劝苏彩娥回来。苏彩娥却用一脸的冷漠回敬他："有她（当然指龙婶了）没我，有我没她。"

这就是她回家的条件，破镜重圆的底线！龙春没办法，快快而回。龙春一进门龙婶就明白了，她张张嘴，却不知道该说什么好。那凶狠的一巴掌，表面上是给龙婶出了气，实际上却把龙春推给了苏彩娥。瞧他那心事重重的鬼样子，龙婶就知道他有多后悔、多内疚，都恨不得伸出脸去让儿媳还回一巴掌。龙春自小老实，长着一副菩萨心肠，在生产队听队长的话，在家里听母亲的话，苏彩娥过门后又添了一个新领导。

到了晚上，龙婶看到儿子闷头吸烟，就忍不住问："她不肯回来？"龙春点了点头，龙婶就冷笑了，"这是做给谁看啊？有种就一辈子也别回来。"

"娘，你少说两句行不行？"龙春不耐烦地喊了一声。

龙婶没好气地说："没出息的东西，不就少了个女人？咱们照样过，有什么大不了的？"

龙春心里哼了一声，要这样，我还结什么婚？更不想说话了。

龙婶想了想，又有点过意不去，问："要怎么样她才肯回来？"

龙春叹了口气："娘，别问了行不？"

龙婶料到了什么，大声说："没事，我不生气。"

龙春就犹豫了一下说："她不想再见到你。"

龙婶马上就跳起来："我还不想看见她呢，真是离谱，这家是我的，她还想赶我走不成？"她又瞪圆着眼睛问龙春，"你不会也是这样想吧？"

龙春把声音放得很低："娘，她不来也好，你们就不用吵了，我还清静点。"龙婶知道儿子说的是气话，就试探地问："你看……我是不是去你舅舅家避一避？"

龙春就盼着她这句话，却装出一副左右为难的样子，说："嗯，也可以试试。"没想到龙婶砰地拍起了桌子，夹头夹脑地给他一顿臭骂："原来你也想让我滚蛋？老娘就偏偏赖在这里，要我走，除非死！"

龙春知道中计，急忙辩解："是你自己说要走的，我可没说。"

龙婶的泪珠子已经滚落下来，抽抽搭搭地说："可你就是这么想的，是我说出了你的心里话。你爹死得早，丢下我一个人孤零零的。要不是你，我早就不想活了，呜呜呜……"

龙春急得坐起来，眼眶也跟着红了，说："娘，你说我能怎么办？要可以的话，我走，我真想永远也不回来。"

从那天起，龙春不想回家了，一看到母亲就愁，一钻进堂屋心里就空。

龙春有个五服内的兄弟叫老财，四十岁了还光棍一条，流里流气的，成天像只饿猫到处找腥。龙春娶了苏彩娥之后，老财就来得少了，原因是苏彩娥爱给他脸色看，嫌他烟抽得太多毒害了宝贝女儿，又嫌他酒喝得太凶爱胡言乱语，粗口不断。龙春理解苏彩娥的忧虑，她是担心他跟老财学坏。老财吃喝嫖赌一样没落下，但谁也奈何不了他——这小子有一特长，懂得如何拍马屁，拍得大队领导很开心。他还凭着一张巧嘴，再加上好酒量，时不时被罗支书拉去陪上头来的领导以搞活气氛。

农闲时龙春就跟着老财到处流窜，待夜深母亲睡熟了才回去，以免听到她的啰唆。

就在连接月窟大队与南川大队的那道石桥附近，有个地方叫美园，乱坟岗，武斗时常被开辟为战场，就地埋了不少人，后来又在那里处决过好几个死囚，所以有人说，那里的泥土不是黑色的，也不是黄色的，是暗红色的，因为从地下不断有血水渗出来，还时时伴随着幽灵的哀鸣。美园虽然紧靠大路，但平时少有人去，特别是天色一暗，那里更变成了阴森森的地狱。没人的地方，自然就荒芜了，杂草丛生荆棘遍地，又高又大的马尾松在夜幕中像地上喷出的一溜溜黑烟，在风中摇曳，惊心动魄。

不知道从什么时候起，那里的冤魂不再寂寞了。

有个晚上借着酒意，龙春竟被老财说动了心，跟着他去美园"开眼"。人刚迈进那个用花岗岩垒起的大门，风一吹，酒醒了大半，龙春决心就有点动摇了。

"怕什么？怕人还是怕鬼？"

龙春哼哼唧唧地说你可别把我带坏了，心底里还是很渴望去坏一回。老财就拍了拍他的后背说："有福同享，哥不会害你的。"

龙春来劲了，说："谁说你害我？我是想自己害自己。"

老财就谲秘地笑了。

美园静悄悄，像个会场等着领导发言。他俩一前一后走近一个土坡，站住。那是片林子，颜色比夜色还要深，摇晃着，像海涛发出哗哗的奔腾声。老财把两根手指放进嘴里，弓着腰吹出一个尖厉的哨声。过了一会儿，土坡的另一边浮起两条黑影，像被风刮过来一样。老财上前跟其中的一个耳语几句，又跑过来叮嘱龙春。龙春觉得脑子空空的，心里很乱，腿根跟着麻酥酥的，有了拉尿的欲望。

老财把其中的一个人叫到龙春跟前。天很黑，根本就看不清五官，龙春只觉得那女人比自己仿佛还要高大。

"怎么样？"老财的声音陡然转向他，把他吓了一跳。

"好，好，好。"龙春忙不迭地说。

老财过去搂着他的相好，大模大样地跑到土坡后面去了，把龙春和那个女人傻傻地撂在那里。

"你为什么要、要干这种事？"龙春的话一出口就有点伤人。

那女人倒回答得十分干脆、在理："还不是你们男人想要呀。"

龙春又问："是缺钱吧？"

那女人的声音更冷了："废话，谁不缺钱！"

"要是你家男人知道……"

"我没男人。"女人显得有点不耐烦。

"你当然要这么说了。"龙春讪讪地笑。他只是想缓和一下尴尬的局面，没想到却让她生了误解。

"你要是嫌我不好，那就算了。"女人恼了。

"呵呵，你不会怀上我的孩子吧？"龙春搔了搔头皮问。女人说："不会的，有这个呢。即使怀上了，我也不知道你是谁。"

"老财知道。"

"谁是老财？"

龙春知道自己说漏嘴了，老财一再交代过，少说话、多办事，最大限度地发挥两块钱的作用。老财说他第一次就是因为太紧张，还没进去就完了。他还想来一次，结果那女人死活不肯，她说："阿兄，要是你在馆子要了碗面条，结果自己撒在地上，你能不付钱就再来一碗吗？"他就狡辩说，要是地板太滑，老板还是得赔。老财后来找到了现在的这个女人，论晚收费，不论次数，而且还很肯干，用老财的话说是任劳任怨。

"来吧。"

"你干吗这么急？"龙春说。

"我还有事。"

"是不是还约了第二个？"

"没有……那你就慢慢来吧。"那女人的声音听上去像在颤抖。龙春借着酒劲，心想不管三七二十一，既然来了，不干白不干，不干别人也认为你干了，就伸出手去，没想那女人受惊似的突然闪开，他一时收不住脚，沿着前面的斜坡呼呼地俯冲，脚背不知道被什么挑了一下，钻心地疼，欲望全见鬼去了。

不远处的草丛里登时响起窸窸窣窣的声音。

那女人也跟上来，焦急地问："怎么了，阿兄？"

龙春金鸡独立，却立得不稳，一圈圈地打转。

"不行了，好像踩到一条蛇——"

女人忙问："被咬到了？"

龙春摸了下脚背上的伤口，用指头搓了搓，很生气地说："流血了。"

那女人关切地问："疼吗？"

"你在这里有没有碰见过蛇？"龙春不无担心地问。

"我是第一次来的。"

"我就知道你会这么说。"

"阿兄，你说话可要有根据，不信你问蔡嫂去。"

"那女人叫蔡嫂？"

"不、不，不是的。"

"……要是毒蛇，我可就遭殃了。"

龙春倚在一棵树上，沮丧地叹着气，他的目光不经意地掠过林间闪烁的灯火，那是大路附近的房屋，那是一个个家。龙春想到妻子还在娘家，待在蒸笼似的房间里哄女儿睡觉，母亲还在家里打瞌睡等着他回去，心头一酸，不由萌生了悔意，心想真是恶有恶报啊。那女人也好像被远处的灯光触动了，抽了下鼻子，心不在焉地问："阿兄，还来不？"

龙春不说话，掏出火机用大拇指一推，一束火苗蹿得老高，光线里托出了一张熟悉的脸。他倒吸了口冷气，手跟着一抖，火机的盖子盖上了。他慌乱地想，好在她在专心查看伤口，没工夫看他的脸。

"哎哟，怎么灭了？"那女人轻声地叫起来。

"看清了，没事。"

汗水淋淋漓漓地泻下来，浸透了龙春那破了几个窟窿的背心。救人英雄与嫖客，之间的距离有多大呀？若是说出去，他龙春还怎么做人？可又转念一想，她怎么也变成了鸡婆？应该是看错了吧。

买卖没做成，那女人不肯收钱。龙春却死活要给。女人没办法，觉得他人还算厚道，就约他明晚十点在南川大队的老码头见。

第二天，龙春精神恍惚，做事情颠三倒四。晚饭吃完了好一会儿，才下定决心前去赴约。他不希望那女人真的是她，又希望是她，一时心乱如麻，怎么拣也拣不顺。出门时他看到母亲的目光转过来，哀哀的，好像意识到他要去干坏事一样。

借着月色，龙春到了清水河边，把衣服藏好，扑通地跳进河里，向对岸游去。江水沿着他身体的四周爽滑地流过，抚弄着每一寸肌肤，非常体贴，非常温情。他深深地潜入水中，睁开双眼，四周青蒙蒙一片，水草黑漆漆的影子缓缓地飘动，有银光闪过，是鱼儿，它们轻轻地啄着他的身体、他的脚趾，痒得他直想笑。游了一段，他探出头来换气，把含在嘴里的清水喷向那轮洁白的满月。月亮迷蒙了，就像笼在了雾里。

快到南川大队老码头，龙春方梦醒似的觉得自己的行为有多么荒唐、多么滑稽。那些波浪起伏的声音、撞击堤岸的声音、汩汩流动的声音，一下子变成了笑声一齐嘲讽他。他想掉转头回到现实的彼岸，又不甘心，目光仍然执着地穿过波谷望向近在咫尺的老码头。他忐忑不安地发现，水中好似荡漾着一截黑影。

清水河变成了一张巨大而柔软的床，托住了这对痴男怨女，他们舒张了、自由了，辗转反侧，为所欲为，一下溯回生命的源头，恢复了生命的本真。男人是狂野的、激越的、奔腾的，女人是深沉的、柔韧的、律动的。男人是河里的急流、漩涡、浪花，女人是潜流、细沙、海草。女人被男人裹挟着，奔向大江，奔向大海，与秋水长天一色，与落霞孤鹜齐飞。

清澈的月光、清澈的空气、清澈的河水，男人和女人完成了第一笔买卖，但龙春却是那样心安理得。而江凤凰，似乎也忘掉了此来的目的，她彻头彻尾地把自己交给了对方。

那一刻，龙春觉得自己是伟大的诗人，对着大自然吟诵内心最壮丽的诗篇；那一刻，江凤凰觉得自己是最耀眼的月光，照亮了山川河流，照亮了男人的世界。

第十八章

夏夜，龙春以游水为名，越过清水河开阔而平缓的河面与想得发疯的女人在一起。他俩仿佛是历经了大风大浪的船儿，在承受了生活的暴风骤雨之后终于找到一处平静的避风港。他们又好像生活到海里的孤岛上，不再受到周遭的不公、侮辱和迫害的浪潮的侵袭，他们像要一起过上百年那样地厮守着，情投意合、无话不说。

江凤凰不仅从龙春那里得到一种慰藉，同时也爱上了他，像普通的女人爱男人那样地爱他。她对他谈起自己的学生时代，如何喜欢上王更生并嫁给了他，又怎样遭受种种不幸、承受别人的非难……她声调平静，但他似乎听到她鼓足胸腔中的全部力量尖声呼号的声音。他成为她忠实的听众，脸上显出应有的庄重，内心却已明了，这些接踵而来、笼罩在她身上的各种苦难、不幸和耻辱，不但没有让她黯然失色，相反还凝聚了她那种能从世俗关系中超脱出来的精神力量，从而如光环般地焕发出独特的美丽。他因为理解了她而变得更加爱她，从她的肉身到她的灵魂，到了最后，他发觉她比自己全部的幸福，乃至性命还要重要。

水泥船上、堤坝背后、附近的丛林里、破厝内、牛棚，到处留下了他们踪迹，其中去得最多的是一艘搁浅的水泥船，一人多高的水草几乎遮住了船身的三分之二，甲板上长满滑腻肥厚的青苔，船舱里淤积着绿色的污水，野草狂放地生长，裸露的钢筋锈迹斑斑，水鸟与田鼠的粪便臭不可闻。

第一次上船时龙春差点被湿滑的青苔放倒，他站在浅水里将河水泼到船上去，再揪扯一大把水草把甲板洗擦得干干净净。江凤凰就躺在厚厚的水草之上，和这个黧黑矮壮的汉子水乳交融。之后这艘水泥船便成了他们多次幽会的场所，有天深夜，龙春对江凤凰说："都说你能唱能跳，给我表演一下行吗？"他没想到江凤凰那么爽快地说好，随手扯掉披在身上的浴巾，光溜着身子站了起来，张嘴哼唱着：

我们走在大路上，

意气风发斗志昂扬，

毛主席领导革命队伍，

披荆斩棘奔向前方。

向前进！向前进！

革命气势不可阻挡，

向前进！向前进！

朝着胜利的方向……

江凤凰慷慨激昂、字字铿锵的歌声激起虫儿、蛙儿、鸟儿更加卖力地鸣叫，它们像在为她伴奏，并与风声、流水声等天籁之音交汇在一处，共同对着空旷和宁静的天地唱响声势宏大的乐章。随着歌声的跌宕起伏，江凤凰精神抖擞地跳起革命舞蹈，一会儿挺胸架拳，一会儿握拳曲肘紧跟，一会儿双手捧心装作陶醉……暖乎乎、沉甸甸的乳房随着节奏动人地晃荡……

龙春被眼前的一切紧紧攫住，慢慢地，他感到被现实紧裹着的那层严酷的火气正在退去，天地间眨眼工夫变得甜润、清凉、洁净起来，一个恍惚，他觉得月光已经照穿了她的身体，把她变成了玲珑剔透、熠熠生辉的发光体，她在她的胴体里筑造起自己的舞台，演绎出独特的人生。他的眼睛好久不眨，仿佛哪里动一下她就会化作空灵的精神，与清风明月化为一体。

　　我们的道路多么宽广

　　我们的前程无比辉煌

　　我们献身这壮丽的事业

　　无限幸福无限荣光……

　　那个夜晚，江凤凰用她特殊的歌舞征服了龙春，在他眼里，她不是人，她简直就是神，是世界上最纯洁最美丽的女神。回到家后，那豪情万丈的歌声还一直在他的耳边萦绕回响，并融进了他的记忆深处。他一遍遍地陶醉在她那任凭他想象的、可爱活泼的表情里，而那些坚强有力的动作又让他觉得庄严神圣、肃然起敬。也就在那一刻，他再次意识到她是多么好，而自己又是多么深爱她。

　　慢慢地，龙春忘记了妻离子散的苦闷；慢慢地，龙春忘记了自己有个家。他自由自在，无拘无束，要是苏彩娥娘俩突然回来他肯定会不习惯。不过龙婶没有让这种自由继续下去，自儿媳妇走后，她的确得意过一阵子，慢慢地也就没那么开心了，因为儿子变成了另一个人，冷漠、孤僻、无所追求。她开始想念儿媳孙女，有了她们，这个家才像个家，才不会变成冰窖，别看平时吵吵闹闹，缺少了那么一点儿声音，死寂的生活就少了一丝活气。龙春的夜不归宿也给母亲造成了巨大的压力，令她黯然神伤。她渐渐反省自己，这样闹来闹去，最终受伤的还不是他们娘俩？再怎么样龙春也算是个孝子，比上不足比下有余了。

一天大半夜，龙春蹑手蹑脚地回家，母亲正坐在堂屋的床沿上打瞌睡，听到门响，一个激灵仰起满头银发的脑袋。

"回来了？"她含含糊糊地问。龙春问："你怎么还没睡？赶紧睡去。"

她颤颤巍巍地起身，用力搓着皱巴巴的脸皮问："饿不饿，给你热点剩饭吧？"龙春不耐烦地摇头："不用不用。"

"儿子啊，你还是把你媳妇接回来吧？"龙婶说。

"她的脾气你是知道的，甭理她，爱咋咋。"

龙婶悠悠地将眼睛撑开一道窄窄的缝，缝里早被泪水所填满，射出的那丝模糊的亮光从儿子的脸上慢慢地下移，很快，泪水从眼角哗地沿着原来就有的泪痕流了下来，明晃晃的。

"还是我走吧，"她嘀咕着，"我再不走，连你爹也会怪我呢。"

第二天一早，老人边收拾行李边抹泪，住到弟弟郭正楷那边去了。

苏彩娥凯旋，却一点也高兴不起来，她接过龙婶手里头的那摊事，操持家务、照顾女儿，把家务安排得井井有条。她想用事实证明，没有婆婆，他们一样过得很好。可龙春不是这么想，结在胸口的怨气还未舒散，对她依然不冷不热。

母亲离开了，奇怪的是她从前的那些数落反倒变得格外清晰，一天到晚在龙春的耳边重复回响。的的确确，这么些年，他一直被苏彩娥牵着鼻子走，老实得过了头。孝顺的龙春觉得既对不住母亲，又纵容了妻子，他决定把男人的血性毫无保留地展露出来，当着苏彩娥的面再没说过一句温柔体贴的话。

苏彩娥想闹，龙春偏偏不给她机会，故伎重演，每天早出晚归，不是在田地里干活，就是到处逛荡，不到三更半夜决不回来。他的眼里，家是牢笼，钻进去就失去自由；是灶洞，只有离远点才不至于焦头烂额。

为了能继续和江凤凰在一起，也为了帮她娘儿俩渡过难关，龙春找到罗支书，请他想想办法把自己弄去当炊事员。罗支书反问他："以前你、你不是说这是个吃、吃力不讨好的活儿吗？"

龙春笑嘻嘻地显出了无赖相，说"今年番薯唔比旧年芋"，此一时彼一时了。

在那个物质贫乏的年代，炊事员是个令人垂涎的差事。公社干部常下乡指导，说穿了就是打打牙祭，大队之间的学习交流也像母鸡生蛋一样频繁。另外，社员们出工，也得有人做饭。炊事员有好处捞这已经不是什么秘密，只不过这好处里面，少不了大队领导的。

傻瓜都明白，罗支书是看在龙春死去的爹的"佛面"上才遂了他的愿。平时有什么收获，龙春就分成两份，一份孝敬罗支书，另一份拿去接济江凤凰，家里根本就沾不上什么光。苏彩娥毫不知情，还教训起丈夫，说他白白地浪费了这份美差。龙春理直气壮地说："我不贪小便宜，是因为我想做一个堂堂正正的人。"

苏彩娥一下就觉出自己与他的思想差距来，不由心头一热。自从父亲出了事，她一直灰溜溜地活着，是丈夫的高尚人格让她抬起头来，有了重新做人的底气。在人前人后，她不再躲躲闪闪，脸上明亮的光又回来了，眼睛里再次闪动着说话的欲望。她像个推销员，逢人便夸，把丈夫说成一个毫不利己、专门利人的好社员。

明明拿了集体的东西偏说没拿，跟龙春一起干的那两个炊事员就不服气了，什么意思？他没拿？难道全让我们拿了？吹牛不脸红。他们碰在一起，越说越冒火，觉得非整治一下龙春不可。

听说妻子老在外面吹嘘自己，龙春有压力，恨不得往地上扒道缝隙钻进去。没有办法，他只能用多干活来减少自己的内疚。他竭尽全力，把饭菜弄得更可口，更符合上级领导、兄弟大队干部的胃口。就在那段时间，他的厨艺突飞猛进。

　　到"海田"放水、耙草、平整、收割的社员们，一般都不会空手而归，他们拎着野鸟、田鸡、田鼠、水獭……请龙春一显身手。龙春有求必应，热情地与群众打成一片，还跟他们一起凑钱沽酒，边吃边打赌，赌注是烟或者弹一下脑壳，有时还是"老婆"——谁赢了谁就说"我睡你老婆一回"，图个嘴上快活。第二天要是在田边或晒谷场碰见输家老婆，赢家就会说："某某家的，你男人把你输给我了，我一共睡了你多少回？"那些女人就喷笑着骂起来："去死吧你，村头有条母狗在等你呢。"有的男的还继续耍贫："我可不比你男人差，不信试一试。"说着装作去掏小家伙，把女人吓得撒腿就跑。

　　转眼间又是晚稻抽穗扬花的时节，风掠过，叶子泛起一道道银亮的光波，空气中飘散着泥水的腥气和稻穗的清香。在这决定丰收与否的节骨眼上，罗支书开会了，由民兵队长马勇烈代为传达上级的要求，要防旱，水稻孕穗至抽穗扬花期田里要有水层，灌浆成熟期田间还要保持湿润，以免影响结实率，导致减产失收。工作要做扎实，全靠大家拼命干，为了鼓舞士气，公社奖励每个大队两头三百多斤的"庞克"大肥猪。罗支书站在黑板前犹豫了半天，以前写杀鹅通知被当成笑话，至今仍心有余悸，这一次他吸取教训，唰唰唰一气呵成，把"猪"字写得格外紧凑、漂亮。

　　杀猪那天，男女老少纷纷涌向晒谷场，跟赶大集似的。

他们猜测着谁的手气会好一点，抓个好阄挑到块大肥肉。那年头儿，大伙肚子里缺油水，做梦都想要一碗凝脂如雪的猪油。当着大伙儿的面，龙春嘴衔尖刀，双手拽住如扇的猪耳，白光掠过，一声惨叫，猪喉处血射如箭。龙春将猪杀死，双手依然干净。另外两个炊事员合力宰一头猪，下了好几刀，猪非但没死，还趁他们喘气之机突然蹿起来，把其中一个撞倒，又把另一个吓得夺路而逃。人墙立即坍塌，波圈一样向外扩散。那头猪仿佛受了鼓舞，竟神奇地挣脱了绳索，支棱起尾巴，像个复仇魔怪绕着晒谷场一连追了三圈，把那两个炊事员吓得魂飞魄散。危难之际显身手，龙春迎着那头三百多斤重的大黑猪，像个斗牛士一样气定神闲，待它从面前蹿过、嫩红鼻子快拱到他的大腿时，陡然闪躲。说时迟那时快，大家还没看清楚，猪头已像鲸鱼喷水一样喷出一股暗红的血。那猪在人们的视野里狂奔了几十米，愈来愈慢，最终泥一样瘫下去，嘴里发出了痛苦的哼哼声。尘埃落定，大家走上前一看，猪头前额赫然露出被血涂抹得猩红的刀柄，刀刃已没入骨肉之中。

　　杀猪的风度、杀猪的无畏使龙春人气飙升，变成了社员们心目中的偶像。他们上前围住他，问他是什么时候学会杀猪的，问他难道就不怕被猪拱个四脚朝天，问他能不能也如此从容地杀牛。那两个炊事员脸色灰暗地对望一眼，发出阵阵冷笑。可惜的是，龙春只能把这个英雄的荣誉维持到分猪肉的那一刻。两个炊事员一齐跳出来揭发他，他们走到他的竹筐前，变戏法似的从里面拎出一大块上好肥肉，那块粉红色的肥肉用荷叶裹住，泛着鲜润的光泽，把人们的目光全拧了过去。铁证如山，有口难辩，龙春躲过罗支书失望的目光，整个人像棵霜打的白菜蔫了。在那两个炊事员的胁迫下，罗支书结结巴巴地发了言："想……想占……占集体便宜的绝对不止龙春一个，大家要从这件事吸取教训，前……前事不忘，后……后事之……之师嘛。"

这回的脸可丢大了。苏彩娥对着别人利箭般的目光东躲西藏，心里却疑云顿生，她捏着拳头一次又一次地在丈夫面前晃动："家家都有一份，你干吗还去偷？你说呀，你说呀。"

龙春没精打采地扯了个谎："我只是想要点肥的。"

苏彩娥跺着脚，眼里闪动着泪光："你……你，没出息！"

龙春的丑闻很快落入江凤凰的耳朵里。一连几晚，她都没睡踏实。她没少劝他，别再给自己东西了，可他愣是不听，这下好了，栽跟斗了，炊事员也干不成，还遭了批判、受了耻笑。

"我真的不值得你这样。"一想起这事，江凤凰就觉得揪心，太对不住他了。

人们还没从龙春的"猪肉事件"中缓过劲来，他又没头没脑地干了一件更蠢的事。那天晚上他去江凤凰那里，再三向她保证，不再给她送东西。那些话还在她的耳畔没有飘散，在回去的路上，他忽然想起明天是王菁的生日，该给她送点礼物，他就停住了脚步东张西望。在他的旁边就是南川大队的养鸭场，那些鸭子都睡着了，容易抓。他猫一样地从篱笆的破洞钻进去，匍匐前进，没想到被两条守夜的大狗发现，冲过来一阵狂吠，把他吓得赶紧钻出来，慌乱中向着清水河的方向奔逃。他想只要跳进河里，那恶狗就只能望"河"兴叹了。

草屋、树木、沙丘、农田……从他眼前闪闪掠过，风在耳边尖声嘶叫，刚跑到码头，就听到一阵大喊，早有几条大汉抄近路在那里以逸待劳。他只好改变方向，冲到堤下的水田去。由群众和狗组成的包围圈越缩越小，他先是被狗咬中了小腿，又被几个后生摁进了泥水里，一顿饱打，然后扭送到南川大队去。一进门，还没看清刺目的灯光里站着谁，有只大麻袋呼地套在他头上把他送回到黑暗里，又是雨点般的狠揍狠踢。他抱着头蹲下去，"死"字第一次像风中烛火在他的脑海里不停闪烁。待民兵们取下麻袋，他已满身是血，爬也爬不动。

"哪个大队的？"民兵审问他，炽白的灯光晃得他那肿如烂桃的眼睛泪水滚滚，不敢睁开。他知道自己已经面目全非谁也认不出了，就一口咬定是个外乡人。他们说口音不对，一定是本公社的。其中有个人竟奇迹般地认出他来，起了好心，偷偷跑去苏家报信。珍嫂又叫人去月窟大队求救。事不宜迟，苏彩娥硬把罗支书从被窝里拽起来，带上一彪人马冲到南川大队要人。

龙春是躺在板车上被推到医疗站的。看着体无完肤的窃贼丈夫，苏彩娥泪水涟涟，她被一件件突如其来的祸事搅得天旋地转，只觉得一大家子全被巫婆下了咒。她想了一万次也无法想透，好端端一个男人，怎么说变就变，变得人不人、鬼不鬼！幸亏罗支书资历老、面子大，硬把这件事给压下去。

龙春再次出事后，江凤凰左思右想，做出了一个让自己都感到震惊的决定，放弃他，放弃那份感情，与他彻彻底底地断掉。一直以来，她觉得自己像个负伤的人，而命运偏偏有意去触碰她的伤疤，只是从来没有像这一回碰得这么痛，痛彻肺腑。不过她仍然鼓励自己，既然这样一个跟她毫无关系的人都愿意与她同甘苦共患难，她还有什么理由让他继续痛苦下去直到把他自己毁掉？一想到能让他活得更好，她的心里就涌起了一片热忱与纯洁的爱，并为之深深感动。

几天后的一个夜里，江凤凰把龙春约到那艘水泥船上。他抽烟，她也要了一根，两个烟头鬼鬼祟祟地在浓稠的黑暗中明灭着。

"我们断了。"她一脸的平静淡泊，像是看透了尘世中的任何事情，而口气却是不容置疑的。他似乎早就料到，麻木地应了一声。

沉默了好一会儿，她又开口："我有别的男人了。"

"噢，原来是有了新的相好。"他有点不相信，但又不得不信。

"我这样过一辈子无所谓，但菁菁不行，她得有个家，得有个疼她的父亲。"

江风把她的头发吹散了，高高地扬起，纷乱了，她又一次抬起头来，将铅球似的目光沉重、冰凉地抛向尽可能远的地方。

"咳！你是怎么想出来的？这么久才想到给菁菁找个爹？你敢肯定那个男人就一定会对她好？"他突然吃了火药似的暴跳如雷，又好似一头关进笼里的豹子，来来回回地走动，把水泥板踩得咚咚直响。

"这是我的事，用不着你来管。"她安静而又强硬地说。

"你的事？"他转过脸来，快蹭到她的鼻尖，"你是不是觉得我太丢人了，玷污了你？"

"说对了，一个大男人成天干些偷鸡摸狗的勾当，我最瞧不起的就是这种人。"她的声音像冷雾一样散开在开阔的河面上，听起来竟有些缥缈。

"我还以为小偷跟野鸡是绝配哩。"他发出不甘心的冷笑。

"我是迫不得已，你却是自甘堕落。"她坦荡荡地说。

"去他娘的……"他的眼睛不停地转来转去 忽然大笑，带着那种特有的粗野、蛮横的怅惘神气。

"来吧，这是最后一次。"江凤凰边说边解开了纽扣。

龙春收住了笑，将嘴上那小半截还燃着的香烟由舌头卷入口中，踉踉跄跄地走近船沿，一个猛子扎入河中，水花溅到她的脸，凉凉的，她没拭，只呆呆地盯着某个地方。不远处的水面破开，他高傲地仰起头，一股白烟喷吐出来。那点黑影子很快就湮没在她的泪花里。

## 第十九章

从那以后，龙春有好几年没见到江凤凰。

起初龙春带着恨意，觉得自己所做之事有哪件不是为了她，自己真傻，到头来却被她一脚蹬开，落得个人不人、鬼不鬼的下场。每每想到这里，他就不自觉地捏紧拳头想去质问那个女人，她的良心是不是给狗吃了？有次一家子吃着饭，他忽然走神，一拳头砸在桌子上，砰的一声碗筷盘碟全跳起来，汤汤水水溅了一地。

那时龙婶已经回家，正为一件小事与苏彩娥吵嘴，这一拳也重重地砸在她俩的心坎上。苏彩娥当时就愣住了。龙婶手里的抹布啪地掉落在地，她抖抖索索地捡起来，瞥一眼儿媳，正好对方也看过来，两个死对头的目光交织在一起，互相探寻着信息，刹那间便达成了默契。

先是苏彩娥嘟囔了一声："发什么脾气嘛，有气有力你拿它挣大钱啊。"

"老天啊，你怎么啦？"龙婶也埋怨道。

龙春呼地站起来说："吵吵吵，吵个屁！再吵老子不回来了。"转身就走。

苏彩娥对着男人的背影叹了口气。

龙婶的嘴唇朝嘴里裹了裹，终于还是把冒到喉咙头的话儿咽了下去。

那个傍晚龙春来到河堤，目光下意识地搜寻对岸那个老码头，它笼罩在黄灿灿的霞光之中，令人晕眩。他手搭凉棚抻长脖子，想要极力看清那艘被遗弃在水草中的水泥船。那天他在河堤上坐了整整一夜，先看着最后一丝昏红的霞光从河水中溜走，又看着月光银闪闪地铺满河面。到了后来，整个人变得昏昏沉沉，仿佛分不清哪是现实、哪是梦境。他的魂儿游过了清水河，爬上那艘青苔滑腻、野草丛生的水泥船，江凤凰光溜溜、嫩白的身体裹着月光朝他走来，如波浪般起伏荡漾，光斑鳞鳞，须臾又有歌声悠悠传来，在空气中颤动着又涟漪般地扩展开去。他真真切切地看见了她，缓缓舒展四肢，或挺胸架拳，或握拳曲肘紧跟，特别是双手捧心装陶醉的样子可爱极了，而那两团暖乎乎、沉甸甸的乳房又是那样撩人……

他眨了眨酸涩的眼皮，浑身震荡了一下，像要抖落所有的萎靡与昏沉，从泥沼般的幻梦中挣脱出来。清醒之后，恨意已然消失，代之而起的是挥之不去的思念。他相信她当初做出的决定，一定有着不得已的苦衷，她是爱他的，就像他爱她那样。

有一天，他还是忍受不了，躲躲闪闪地叩响江凤凰家的门。门开了，出来个瘦瘦的小姑娘，她长高了，但仍然一副弱不禁风的样子。

"你娘呢？"龙春用尽可能温和的口气问。

孩子的眼睛瞪得大大的，看样子已经把他忘了。

"老姨，有人找我娘——"

龙春明白她在喊如叶老婶，掉头就跑。回到家，他一脸呆滞、冷漠的神色把两个女人吓住了，她们意味深长地交换一下眼色，声音不约而同地小下去。

差不多有两个月了，婆媳俩对许多小事不再持苛刻的态度，不但不吵，还说些体贴对方的话，尽可能在家里营造一个轻松愉快的环境。一开始她们只是为了龙春，慢慢地，各自的内心也都在不同程度上体会到一种和谐所带来的愉悦和宁静。

苏彩娥觉得婆婆一年比一年老，动作迟缓了，病痛增多了，做小辈的应当尽自己本分去体谅她、关心她、照顾她，而不该苛责她、嫌恶她、与她过不去。

龙婶开头并不相信儿媳心灵上和行动上所发生的变化，但大事小事一桩桩一件件，罗列出来堆叠起来无不证明一个事实，那就是她把她当亲娘一样孝敬着。龙婶也生了悔意，自己不该倚老卖老尽给年轻人出难题，对儿媳自然多了一份对亲生骨肉才有的宽容与理解。这么一来，两个人都真心实意地顾惜着对方，脸上常不自觉地流露出发自内心的笑。

家庭的和睦缓解了龙春的焦躁，让他真正沉静下来。

"也许她真的结婚了。"他对自己说，再去找她只会给她添乱。

情感有时就像茶叶，在时间的清水里泡一次淡一点。龙春收拾好心情，回到原来生活的轨道上，成为一名勤快的农民。此时责任田已承包到户，他忙活来忙活去，一年到头除了解决家人的温饱，并没多少剩余。有天他突然对妻子说："我不能这么白活一辈子，得闯出点名堂来。"

"你这不是干得好好的吗？"

"'有气有力你拿它挣大钱啊'，这话是谁说的？"龙春问。

"我是说过，可问题是你能干啥？"苏彩娥想了想说，

"你要想比别人做得好，就得有自己的专长。"

"你忘了我当过炊事员？"他大概是想到那段不光彩的历史，脸红了一下。

"烧饭做菜哪个不会？"苏彩娥还想说下去，听到龙春从鼻孔深处哼了一下，打住了。现在他是名副其实的一家之主，起先她与婆婆并不习惯，但渐渐地也就承认了事实，仿佛这个家一直都是他当的。私下里苏彩娥还安慰婆婆，男人有主见敢决断不见得是坏事，起码证明他成熟了，长出息了。

不知道龙春怎么就算准了那一天，他在月窟乡（大队已改为乡了）的菜市场边上一蹲便做起"小食"的买卖来。

当夜色如宣纸上的泼墨毛茸茸地洇开时，摊主们推着车挑着担将全副家什全搬到街边的空地上，一时灯火摇曳，油烟缭绕，热气蒸腾，炒锅的油爆声、小贩的叫卖声、食客的吞咽声闲聊声响成一片……龙春就地竖起一根蜡黄的竹竿，挑起一盏气死风，一头扎进黄乎乎的灯光里。青蓝的炉火龙爪般地托起漆黑大锅，汤水咕嘟咕嘟地翻响，鲜味、香味、辣味、海味、清味……被风送出数里开外，让人"闻"风而动。潮汕多风味小食，什么水晶包、春饼、鸭母捻、蚝烙、芋泥、绿豆爽、粽球……龙春卖的是粿条（又叫河粉）。粿条可以炒牛肉芥蓝、豆芽韭菜，还可以"白焯"——抓一把丢进滚水里一烫，旋即捞起，扣入一个大碗里，再舀上久炖的骨头汤，佐以青菜、肉丸、肉卷等。白天，他除了买菜备料，就到田地里转转，待到傍晚，两眼就像吸了鸦片似的放光，手里像捏了个宝物要风就是风，要雨就是雨。瞧他那彪劲嚣张样，真怀疑他不是孙悟空变的咋有如此能耐。

苏彩娥本来就"入得厨房"，在油盐酱醋、烟熏火燎中快要变成了一块腊肉，如今做起买卖，终于逮到证明自己"出得厅堂"的机会。她跟龙春差不多高，虽说生了龙盼盼，后来又生了第二个丫头龙望望，一年到头操持着这个家，可身材依然挺拔，腰肢纤细得像个小姑娘。她每晚往那小食摊前一站，芸芸众生一枝独秀，那神气、那风采不减当年。

天寒地冻，苏彩娥热乎乎地喊："米粉粿条面，无烟会烫嘴——"三伏天，她又唤得清清爽爽，"汤水鲜甜，一舔就馋，葱花沾牙香半晌——"还故意将尾音拖成一根细线。她声音沙甜，气儿又足，好嗓子一亮立马压倒群芳，鸦雀无声，弄得同行的娘儿们吊起嘴角冷眼斜睨："哼，这个老妖，鬼上身了？"

"儿子，昨晚卖到几点了？嚯，三点，别太晚了。"龙婶不太赞成龙春去做小买卖，在她眼里，那是不务正业，说不定哪天风向一转，还是什么"资本主义尾巴"。

龙春站在屋檐下哗哗地刷牙，眼睛还像初生的猪崽张不开。她叨一句，他就哼一声。

谁也想不到他越干劲头越足，心儿像野马奔向远方唤不回头。他要人模狗样地租一片铺位，光明正大地做一回生意。菜市场的旁边恰好有一处两层楼的铺位想出租，它原来上面住人，下面卖着陶瓷，餐具茶具、酒器花瓶、佛像香炉……租金虽然实在，但再实在也是一笔数目，再加上简单的改造装修，购置炊具炉灶锅碗瓢盆，也就远远超出了龙春应有的能力了。

眼下最大的难题是缺资金，龙春希望母亲能出面找舅舅郭正楷借。舅舅有退休金，两个儿子在县城也混得不错：一个是国家干部，手里拿着公章；一个是医生，手里拿着手术刀。

"你想过没有？要是生意做败，一家子喝西北风不说，你舅舅那点养老钱可怎么还？"龙婶听后坚决反对。

龙春只好找妻子商量，苏彩娥脑筋一咿溜就拐了道弯。

"傻瓜，去请勇烈叔出面。"

马勇烈一直是龙婶最敬重的人。

虽然是新时代，在待人接物上龙婶仍坚持老一套，讲身份论规矩，分寸不能乱。对于小字辈，那客气是敷衍的，只搁在脸上。

老马到了龙家，寒暄、喝茶，唠一会儿家常才切入正题。

"老嫂子啊，龙春不小了，该放手做出点事情来。"

龙婶戒备地瞟了他一眼矜持地笑了笑，"你是说龙春开饮食店的事吧？我们龙家祖祖辈辈出的都是老实人，只会跟田园打交道，哪懂得偷奸耍滑做买卖？"

她平静的话里透出些许逆来顺受的无奈，叫人无法怀疑她的一片苦心。

老马说："'老实总久在''小心驶得万年船'，这年头做买卖越来越讲信用。"怕她没听懂，又说，"在这方面，龙春的口碑不错！"

老马后来接替了罗兴壁当过大队支书，深知说话的学问，软硬、进退、破立，拿捏要得当。他的话像浮在汤面的油层，没有烟却烫嘴。龙婶的眼里就掠过一道茫然、疑虑的光。

"咱们谁说了都不算，我看还是去求个签，听听神仙怎么说。"

这话可谓绵里藏针，未等老马张口，她又乘势将他一军："勇烈嫂不也信吗？"

潮汕人大多信神，山有山神，水有水神。一个镇十几个乡都有自己的神庙，一百多年了，没有毁于战火和政治浩劫，都跟本地人坚定的信仰不无关系。对于某件事能不能做，他们喜欢用求签的方式来决定。事关重大，小庙，龙婶是不会去的，要去就去莲花庵。莲花庵始建于明初，在莲花山南麓上。

莲花山是清城县最高的山峰，山势奇伟，五峰高耸，层层环拱，状如莲花。莲花庵冠山环翠，幽深雅致，山门对联写着："深山藏莲座，石室现金身。"

都说莲花庵的签是最灵验的。苏彩娥陪着婆婆弯弯绕绕地走了一天的山路，脚板心都磨出泡了。回来后龙婶不吭声，像往常一样吃饭、梳洗、喝茶，睡觉。龙春急了，问妻子："怎么回事？行不行总有个说法吧？"

苏彩娥冷下脸："说法？不都写在娘的脸上吗？"

龙春更急："是不是求了上上签，她又反悔了？"

苏彩娥扑哧地笑出声来，戳着丈夫的额头说："美死你，'海底捞针'哪。"

龙春就好似迎头撞在一堵硬墙上又凉又疼。

这枚下下签等于给开店的事判了个死刑，谁会料到半个月后又峰回路转、起死回生呢？

那天正是淘米做晚饭的时间，周遭安静祥和，夕照红彤彤地落在龙家的门口，把那副褪色的春联照得鲜亮起来：

福如东海长流水

寿比南山不老松

毛笔字也变得油光光，好似墨迹未干。

龙婶正在天井淘洗空心菜，有两只芦花母鸡喔喔地围着她转，啄食叶子上的泥螺和青虫。

"老嫂子，快来看看，那是什么，一闪一闪的？"

老马的朗朗叫声从门外传来。龙婶两只湿手往灰蓝的围裙上一搓，迈开小脚跨出门槛，扎进屋外绯红的阳光里。

"是根针吧？"她拔出来递给老马。老马张着眼看了老半天："稀奇。"又若有所思地问，"刚才插在哪里？"

"就这儿。"龙婶凑上前指了指。那根针不偏不倚正好插在春联上的那个"海"字底部。老马收敛了笑容不停咂嘴，手掌也跟着拍起来："好、好、好。"

"好什么？"龙婶满腹狐疑。

"真是天意啊，天意啊。"老马的嗓门高起来，"老嫂子，龙家有喜了。"

龙婶蹙起眉头问："屋顶又没喜鹊叫，我家能有什么喜？"

"老嫂子，你给龙春求的签对上了。"

见龙婶一头雾水，他把针插回原位，双手比画着："这么一来，不就是'海底捞针'吗？"

龙婶略一迟疑，瞪大的眼睛眯了起来，双手狠狠地拍响大腿，笑得渗出眼泪："老马啊，难怪人家喊你'科学家'（当地人对算命先生的戏谑称呼），也只有你才看得出来……"

就这样龙婶松了口，帮儿子向弟弟借了笔钱。龙春就将那两层楼的铺位租下，照着实用的方向改造一番，至于那些炊具炉灶，旧的能顶上的尽量顶上，万不得已才买新的，尽管如此，他还是被母亲斥责为"手小抬大屁股"。

起初饮食店只开张一楼，龙春与苏彩娥商量了半天，给它取名"春天哥饮食店"。

"生事勿做，熟事勿忘"，龙春相信从熟事入手方能以点带面、由浅入深，就决定从小食开始，卖卤水凉菜、粿条蚝烙、银鱼粥猪蹄饭……

可以说，龙春与苏彩娥的配合相当默契——龙春为人宽厚，做事细致，礼数周全，因此颇得人缘；苏彩娥机警泼辣，举手投足颇有"头家奶"（老板娘）风范。她记住每位客人的口味、忌嘴，还有闲聊时拿来炫耀的资本，待他们再来时便主动逢迎，隔着门儿拍他们的马屁。客人一开心，手指头变得蛮不讲理指来指去，尽要些贵东西。生怕他们反悔似的，她迅速开了单丢给了龙春。又譬如做生意难免有赊账的，小数目，男人开不了口，这任务就落在女人头上。苏彩娥有的是办法，旁敲侧击，软硬兼施，既收到了钱又避免得罪客人。与龙春不同的是，苏彩娥赢得了客人的敬畏。

正如龙春说的那样，"一天三顿饭，不吃腿就软"，再怎么样也能把店铺撑起来。一个月下来，两口子细细算了笔账，心里喜滋滋的，原来这买卖长的是"悄悄肉"，别看平时不声不响，这金河银河可是偷偷地往钱匣子里流。难怪潮汕人有句老话叫"生意小小能发家"。不出一年，他们不仅还了借款，还送给舅舅一个大红包。

眼看着生意蒸蒸日上，两口子在一次过完"组织"生活后，顺带开了个"枕边会"，决定将二楼辟为"雅座""包厢"，承办各种喜庆宴席。

## 第二十章

江凤凰一直没再嫁人。

她给自己定了个期限以适应没有龙春的日子。她想尽快忘掉他，可记忆却像个喜怒无常的家伙，有时与你形同陌路，有时又死缠烂打，将你围困在乱七八糟的思绪迷雾里。他爽朗大笑，他高谈阔论，他气急败坏，他汗津津如铁块一样泛着暗淡光泽的肌肉，他曾经留在她屋里的痕迹、留在她肌肤上的体温和气味……一切的一切，都像春天的田地里留下耕种的牛蹄犁印那样，印记鲜明而又影响深远。

　　这是江凤凰一生中的又一道坎，她必须跨越过去。一开始，习惯如轮子来来回回、反反复复地碾压着她，一想到两个人再度相逢，说不定已成老朽，心头就滚过揪扯的疼痛和矛盾的强烈情感，而未来日子里的精神真空更是让她情绪低落。有时她挺羡慕苏彩娥的，觉得她起码有个名正言顺的男人——这个男人陪着她从时光的深处一路走来，还将继续走下去。可一旦冷静下来，她又可怜起她来，觉得她得到的并非男人的全部。

　　江凤凰听女儿说过，有个汉子找过她，她敢肯定就是龙春。有好几次她忍不住要去找他，前脚刚跨过门槛又立刻想起如叶老婶的忠告，哪家的男人终究还是要回哪家的，又缩了回去，横下心来将他撇在一边。

　　就在龙春开饮食店那阵子，江凤凰也彻底搬离南川乡，在镇上仙桥街的街尾开了家裁缝店。那里有株活了几百年的古榕，一年前遭过雷劈，有些枝干烧焦了变空了却不死，人们嫌它不吉利，她正好捡了便宜租下树底下的那间铺面。裁缝店不大也不小，开着两米见方的铺窗，里面摆了三台缝纫机和一台包缝机，还有一张很大的台子，搁着书本、纸样、剪刀、尺子、粉饼一类的东西。

　　跟龙春断掉后，江凤凰坚信世上只有饿死的人，没有做死的人，只要肯拼搏，就有"出头天"，她请如叶老婶帮忙照顾孩子，自己凭着一双巧手学起了裁缝。

　　俗话说得好，"家有良田百亩，不如一技在身"，要想真正做到一技在身，就必须找到一位好师父。所谓好，一是师父有真本领，名师才能出高徒；二是师父心胸开阔，乐意将本事无私地传授给徒弟，而不会担心"教会徒弟，饿死师父"。也是天顾可怜人，经过熟人牵线，江凤凰如愿拜在"何一剪"门下。

　　老何原来是给公家办的服装厂当指导，刚退休不久。老何是个好人，他对江凤凰的悉心栽培完全出于对她的同情。

　　第一次见面，江凤凰把菁菁带上，以免招惹别人的闲话，毕竟对方丧妻多年。她一手牵着女儿一手拎着四块大"膀饼"叩开了何家的门。尽管江凤凰处处小心，关于她和老何勾勾搭搭的谣言还是传了出来，有人说连老何这样德艺双馨的老师傅都晚节不保，可见江凤凰功夫非同一般。说到"功夫"二字，闲话者会心一笑。江凤凰心里不是滋味，她是不惧谣言的，也早已习惯了谣言，她只担心因此失去这个千载难逢的学习机会。经过一番思量，她决定直截了当地跟老何探讨这个问题。

　　老何听后气得浑身发抖，手里挥舞着大剪刀——那种姿态让她想到了大螃蟹。

　　"这帮孙子养的，我都六十了，还拿我开玩笑。"

　　"我、我是来向你道歉的，我不想再连累你——"她偷偷地瞟了他一眼，双手搭在膝盖上，一副很无奈也很知趣的模样。

　　"你，什么意思？"老何脸红脖子粗，手里的剪刀把桌子敲得咚咚响，"越是这样他们越以为咱们有什么哩。以前人家说你这说你那我还半信半疑，现在总算闹明白了，都是造谣！"

江凤凰长长地舒了口气，悬着的心终于放下，感觉自己开始走上了正途，也就是歌里所唱的"大路上"，朝着胜利的方向前进……胜利的方向有时过于笼统、空泛，类似于理想、梦幻，但有时又是实实在在的，是油盐酱醋、烟熏火燎的，是婆婆妈妈吵吵闹闹的，是听得到笑声听得到哭声，也听得到钱币叮当响的，对于她，踏实过日子、把孩子健健康康拉扯大就是最大的胜利！当然了，她心里还飘荡着一个遥远而又贴心的愿望，只有不断地向前进，才能在大路上遇到同样向前进的人。换句话说，经过这么多的磨难，江凤凰其实最在意的并不是前面有多少艰难险阻，而是谁还能像龙春那样不要命地爱着她，陪伴着她。

老何虽然没上班，但求他做活的人并不少，有亲戚，有朋友，有老领导，有邻居街坊，都是推不掉的人情，他就支持江凤凰开起裁缝店，将活儿一股脑儿拉到她这边来。送过来的都是些好面料，做的款式也各不相同，老何起先并不放心，看到她做出一件两件后就来得少了，因为连最挑剔的客人都以为新衣服出自"何一剪"之手。当然，除了老何介绍的活儿，江凤凰还主动招揽生意。如叶老婶是第一个跑来帮衬她的，江凤凰拿出看家本领给老人家做了件老式搭褂，大小合身，线走得直、走得密，连盘扣也做得分外别致。衣服一上身老婶就乐得合不拢嘴，对着镜子照来照去舍不得脱下。老人家死活要给钱，江凤凰是死活不肯收。如叶老婶就生气了："头一回跟我做生意，你要不收钱，往后就会没钱收。你不但要收，还要多收点，要不我就不穿了。"

望着老人家蹒跚的背影，江凤凰不禁洒下两行热泪。

如叶老婶回到南川乡后故意到处转悠，新衣服穿在她的身上，却落在别人的眼里，有个原来对江凤凰有成见的老太婆，在如叶老婶的怂恿下，抱着试试看的心理到江凤凰那里定做了一套衣服，结果是活儿叫人满意，收费又低，把老太婆乐得逢人便夸。很快，凤凰裁缝店就像蜜糖吸引蚂蚁那样吸引了越来越多的女人，订货量不断递增，没办法，江凤凰只好请来几个帮手，把自己升级为小老板。

## 第二十一章

在春天哥饮食店开张后的第二年，入冬，有天店里来了两个汉子，四十岁上下，一高一矮，其中矮的是南川乡人。他俩要了一碗牛肉丸汤、一盘葱爆腰花、一盘芥蓝炒粿条，还有每人二两米酒。龙春无意中听到他们聊起江凤凰。

"那骚娘们以前'卖'过，你可知道？"矮的问高的。

龙春的心像被针扎了一下，刺痛刺痛的，他就放慢收拾别桌残羹剩饭、杯盘碗筷的节奏，竖起耳朵生怕漏掉一个字。

"你帮衬过她呀？要不知道得这么清楚。"高的笑嘻嘻地问。

"她跟我同个生产队，唉，那都是好些年前的事了，也许是耐不住寂寞，也许是为了钱，她出去'卖'了，"矮的想了想说，"事情是这样暴露的——大队里有个寡妇，她的孩子身上老有一股奶粉味，有时还有麦乳精味，大伙就传来传去，说她这个超支户，哪有钱买这玩意儿？听了群众的反映，大队领导就派民兵跟踪她，真的在美园那个鬼地方捉到她，她哭了半天就供出了江凤凰。"

龙春的心一下悬起来，他克制住焦虑装出饶有兴趣的样子问："后来呢？"

"你也听说过她？"矮的问，见龙春点了头又得意地讲下去，"后来嘛，派出所的人就把江凤凰也唤去，觉得她一个人带着个女儿怪可怜的，不想为难她，就对她说，你只要供出谁是嫖客，就将你放了。你可能不了解她，这娘们比大老爷们还能扛，死活不肯承认。派出所查无证据，关了她几天就把她放出来，不过她的名声从此变得更臭了。"

龙春哦了一声，眨动着眼皮以遮掩内心的歉疚。

高的问："她现在干啥呢？要是还'卖'，恐怕没人要了吧？"

"那娘们厉害，跑到仙桥街开裁缝店去，不过奇怪，都说她的活儿做得挺棒的，逢年过节，乡里人都乐意去帮衬她，哪怕要等上半个月一个月的。"矮的说。

"哪天我也去做一件，让她帮我量量身……"高的不怀好意地说，话没说完就笑得嘎嘎嘎的。

"她嫁人了吧？"龙春好不容易稳下神来插上一句。

"嫁人？谁敢要啊？"那个矮的露出一口沾满茶垢的牙说。

"哦——"

龙春一拍脑袋嘴巴撮成了小圆号，忽然有点明白过来。他正盘算着找个合适的时间去看看她，当天夜里就见到她了，在什么地方，印象模糊，只有两个人的对话是清晰的。他试探性地问她："这么多年了你也不找一个？"

"没中意的，"她笑了一下说，"当然，别人也不中意我。"

"一个人多不容易啊。"

"有什么法子？容易不容易都得活下去。"她神色淡漠地说。

"如果我娶你，你愿意吗？"

她放怀地笑，过了好一会儿才发现他的表情是严肃的，就慢慢地收敛了笑容嗔怪说："疯了你？想犯重婚罪呀？"

"如果我先离婚呢？"

他被自己的话吓了一跳，醒来后再也不能睡着。整整一天他都闷闷不乐，好像对自己很不满意，至于哪方面不满意，他也说不上来，只感到挺羞愧的。

　　第二天晚上，龙春实在按捺不住，骑着单车跑到仙桥街去，借着薄薄的月色和稀疏的灯火，他找到了那株被雷劈过的古榕，它的千百条根须扎进了灰色的墙体里，看上去如无数道裂痕。

　　时间接近九点，由于天冷风大，行人稀少。龙春站在望得见裁缝店铺窗的地方，久久凝视忙碌着的江凤凰，她的脸罩在一片阴影里，头顶上的黑发却被灯光染得如同秋霜。一个恍惚，从龙春的心底里涌起某种奇怪的感觉——很久远，但又近在眼前——他和江凤凰都已垂垂老矣，准备做人生最后的告别，鼻头一酸，泪水险些掉下来。

　　嗒嗒嗒，嗒嗒嗒，缝纫机的声音衬出了夜的静谧。

　　龙春把单车的脚架打开撑住地面，车还摇晃着，人已经向前走去。一想到马上就要和她说话，他又停住了，感到既胆怯又害臊，嘴唇微微哆嗦起来，虽短短数年，他们之间的情感已如废弃的田园荒芜得不成样子。

　　就在此时，有辆黑色小车悄悄地进入龙春的视线，在江凤凰的铺窗前停了下来，一个穿着深色中褛、身材高大的男人走了出来，看样子不像本地人，因为本地人还没这般洋气的打扮。他靠在铺窗前跟江凤凰说着什么，过了一会儿，扎着马尾辫、身板单薄的菁菁就出来了，江凤凰起身帮她拽拽衣裾，叮嘱了几句，那个男人微微弯腰，亲热地去牵孩子一直垂下的手，将她带进那辆罕见的高级轿车里。

龙春两粒眼珠子怔怔地僵在眼眶里，脸色发白，她有男人了？而且看样子，不是有钱就是有势。他像走错了女茅厕一样脸红耳赤，原来那种想要问个究竟的念头变得十分荒唐可笑，不过他还是对自己说，她早该找一个了，要换成他一样熬不住。

他转身跳上单车，挣脱了什么束缚似的一阵猛踩，内心有种几乎承受不住的悲怆。他不知道该往哪里去，就是不想回家，不想见到家人，就像是她们拖了他的后腿、害了他似的。

龙春骑着车，有冷风飞刀似的在他耳边飕飕削过，又被他远远抛在后头。他越过两个街口，从链条厂和水泥厂中间穿出，翻过一道土坡，朝着清水河的方向骑去。风更大，呼呼地扑来，摇动着对岸那片黑乎乎的树林，天空也是黑乎乎的，有几个光点一闪一闪，不知是星星还是灯火。他依稀辨认出一条灰白的路，它像汩汩流动的河水那样通向自己的村庄。

"过去的就让它过去吧。"他对自己说。他要将那个藏着他俩情感和思念的暗处关闭，他不要想起她，也不要让她想起他。他希望她过得好一些，最好是得到他所无法给她的东西。

## 第二十二章

　　带菁菁出去吃"夜糜"（宵夜）的男人如今叫李彼得，来自泰国曼谷。

　　樟东镇有个古港，自然也叫樟东港，清代有数以万计的粤东人在此地下船，"一溪目汁（眼泪）一船人，一条浴布去过番"，所谓的"过番"，就是到南洋谋生。汕头开埠之后樟东港才逐渐被取代，但这并不影响樟东获得"粤东侨乡"的美誉，不少家庭与海外华侨仍然存在着千丝万缕的联系。此次回乡之行，是由泰国清城县同乡会几位做大生意的老侨胞促成的。一方面观光祭祖，探亲访友；另一方面摸摸国内形势，是不是真的开放搞活，可不可以放心投资设厂。

清城县委领导正苦于找不到引进外资的渠道，得知他们的诉求后如获至宝，立刻发出了热情洋溢的邀请。为保证打响第一炮，县委贾书记亲自挂帅，召集樟东乡镇领导连夜开会，作出周密部署，用他的话说："煮熟的鸭子都送到嘴边了，哪个让它飞了我找哪个算账！"

早在两天前，观光团就已经抵达汕头外砂机场，被县领导接进全清城最好的四海宾馆。李彼得随团参加了第一天的欢迎、交流、参观活动，第二天就再也忍不住向领队蓝延龄老先生还有贾书记请假，先要单独回樟东处理一点私事。贾书记热情地将新配的座驾腾出来，还派了司机老黄和工作人员小张姑娘陪同。

小车走国道、穿古镇，在坑坑洼洼的清水河堤岸上卷起一片黄尘，这条又弯又瘦的土路一直将李彼得带到南川乡，带到叔父李耀汉的家。

此时已有同乡人认出他来，咚咚咚跑去报信。

"耀汉嫂，你、你、你发达啦，臭嘴亮回来了，坐着大轿车，那叫一个气派……"阿武喘着气说。

耀汉婶瞪了他一眼又垂下眼帘，边"哆哆哆"地剁猪菜边冷笑说："他要有那出息，我拿两条胳膊走路。"

阿武说："骗你是小狗。他就在惜金的杂货铺买'入门笑'，身边还跟了个姑娘，长得跟天仙似的，脖子上的金项链闪得你睁不开眼。"

耀汉婶用胳膊蹭了下额角的汗水撇着嘴说："阿武叔，你没看我在忙吗？你要嫌嘴巴淡抓把粗盐嚼嚼去。"

此时已是午后两点，耀眼的阳光弥漫着这个农家院落，有几只鸡在干柴堆里时而刨食，时而侧目而视，似乎在聆听两个老邻居的对话，又似乎听到了别的什么动静。有条大黄狗从里屋跑出来，在阿武的胯下亲热地蹭来蹭去。

阿武刚刚还撑开的脸又缩成了拳头大、皱巴巴的一团，那样子不像是来报喜，倒像是来报丧的。他拍了拍后脑勺自问自答："我也觉得没可能，臭嘴亮光会耍花招骗姑娘，哪有这本事？"

话音未落，大黄狗就窜出去了，昂起头朝门外汪汪狂地吠。

耀汉婶抬起头疑惑地望了一眼，停下手里头的活儿，像警惕的骡马竖起了耳朵，先是听到从不远处传来一两声短促而又稀罕的喇叭响，接着是轮胎碾压路面的沙沙声，再听听只剩下了发动机的轰鸣，车子停下来了。她站起来走到竹门边，将晕乎乎的脑袋悄悄地探出篱笆外面，眼前的光景把她吓了一跳。不知道什么时候，外面围了一大群人，脸上布满稀奇古怪的神情，但目光无一例外地盯着一辆黑色轿车。

车门被一股力量砰地打开，李彼得从后座钻了出来。耀汉婶马上就认出他，他长胖了，原来又高大又结实的身板已经朝横向发展，看上去像一堵墙。这堵"墙"灵活地绕过车头，躬身，打开另一侧的车门，里面先伸出被肉色丝袜裹住的长腿，然后才是火红的衣裙。当那个头发如鸦翅朝两边撇下去的脑袋露出来时，李彼得十分绅士地伸手替她护住顶部。

"谢谢，"小张红着脸嘀咕着，"刚才门打不开。"

"耀汉婶，看看谁回来了？"有人不怀好意地起哄，等着好戏开锣。

耀汉婶其实不是被女邻居簇拥，而是被推出来的，她瘦小的身子拼命地往后仰，一只手紧紧抓住竹门，两条腿钉住地面不肯挪动半步，整个人弯成了一张弓。

"婶，我来看你啦。"李彼得友善地说，还习惯性地微微弯腰。小张也礼貌地摆摆手，嗲声嗲气地说："李先生是从泰国来的——"她把"的"念成了"得"，还拖得又低又长，弄得大伙的脑壳忍不住顺着她的声音往下探，像要接住什么液化的东西。

"你真的是……亮仔？"耀汉婶一边搓着脏兮兮的围裙一边惊怯地打量着李彼得，蜡黄的瘦脸唰地红了，眼角有肌肉微微抽搐着，声音低得快要听不见。

"没错啊，我是李响亮。"李彼得耸耸肩摊开双手，像做了什么亏心事那样局促地笑。可以想象得到，十一年前他跑路那会儿，婶婶一定是站在这里当着乡人的面与他撇清关系，并说些"他要能混出个人模狗样，我拿两条胳膊走路"这样的过头话。李彼得不知道怎样才算是"人模狗样"，但从婶婶还有大伙儿的眼神里看，自己应该是做到了。

好多年了，李彼得如一粒不安分的种子渴望拱出地皮扬眉吐气，特别在最受煎熬的初期，只要想到有朝一日能给狗眼看人低的乡亲以难堪，给江凤凰以惊喜，他的身上就会涌动无穷的力量。

耀汉婶可管不了那么多，她是无知者无畏，她是哪壶不开拎哪壶。

"你不是害了人、跑路吗？"她说完还掩嘴一笑，仿佛有多么不好意思。

这就好比谁家的孩子死了，你偏要提醒他的父母，他要是活着该有多么快乐。乡亲们都蹙起眉头替她担心，就像她走在钢丝上。

李彼得皱了皱粗黑的眉头，那股兴奋劲如铁块淬火般吱地冷却了。

"婶，你也信这些？我不是逃跑，我是学咱老辈人到南洋去找活路。要我真害了人，哪还敢回来？"他说着弹了弹那条蓝白条纹的领带，好像这光鲜的一身就是他昔日无罪、今日"人模狗样"的有力佐证。他干咳了两声，敞开嗓门儿，"鄙人此次是受政府邀请，随泰国清城县同乡会观光团回来访问考察的。"

"这破地方有什么好看的？"耀汉婶不解地问。李彼得只觉得跟婶婶如鸡同鸭讲，不仅没有找到一丝消愁解恨的快意，而且还弄得胸闷气短，徒增烦恼。既然此路不通，他只能从叔叔那边蹚过去了。

"我叔呢？"他朝竹门里望了望。

"走了两年喽。"耀汉婶的眼里掠过一丝悲凉，又补充道，"你叔咽气前还在替你操心，怕你一人在外会吃亏。"

婶婶的话就像劈下了一刀，李彼得缩缩脖子脊背蹿起一阵凉意，彻底觉得没劲了。不仅没劲，还对这些生活穷苦、灰头土脸的亲戚邻里动了恻隐之心，他拆了盒外国香烟，杵了一根给阿武，老头子谦卑地接过来夹在手指头，看了又看。

"我这喜没报错吧？我说你家臭嘴（他想说"亮"字又赶紧改口）阿亮弟来了你还不信。"阿武得意地问耀汉婶。

别的男人也都接过李彼得散出的烟叼在嘴里，不一会儿便烟雾缭绕。女人们边用手扇掉烟味边聊着天，脸上流露出看不到好戏的失望神情。有个老婆子心有不甘，就笑嘻嘻地提醒耀汉婶，别忘了她当初的赌咒发誓。

耀汉婶红着脸装作没听到，又有人好心提醒她："这下你家也有'南风窗'了，还不把大'番客'请进家门？"

耀汉婶这才转过神来，连说几声请，李彼得就是不进去。在交谈中他已得知，江凤凰带了个十岁的女儿搬到镇上去了，就盘算着快点离开。他想看看江凤凰，更想看看那个素未谋面的孩子。

"婶，我还有公事要办，就不久留了。"李彼得边说边打开车尾厢。大伙的脑瓜一律偏斜过去，眼珠子鼓得快要掉地，就像人家打开的是个百宝箱。

李彼得弯腰拎出来七八件花花绿绿的礼品，有些一眼就能认出是本地的土特产，有些却包装得花里胡哨的不知道是啥东西。

耀汉婶偷偷地瞄了一眼又一眼，却还要装作跟小张闲聊，她把小张当成李彼得的女人，所以百般讨好她。

在往镇里去的路上，李彼得一直打开车窗，让空旷荒疏的田野里的寒风吹进来，吹他个眼明心亮，白花花、暖烘烘的阳光也扑入他的胸怀，犹如搂住了温香软玉。他慵懒地打量着窗外，好像是宽阔的河道变窄了，长长的街巷缩短了，高高的屋檐拉低了……可是他的心中没有多少失望，相反还充满了柔情。

李彼得独自体味着那种因为孤寂、怀旧所带来的新鲜奇异的感觉，直到车子开进镇里，这感觉才被一种不安甚至惧怕所替代，眼里也因此蒙上了一层阴翳。

李彼得吩咐老黄把车开到韩江边的古港旅社，自己步行去仙桥街。穿过裁缝店的铺窗，他一眼就认出了江凤凰，她衣着素净，脑后绾了一只梳拢得十分齐整的圆髻，身材比过去丰满一些，样貌也成熟了几分。她拿着衣片，站在缝纫机前跟别人讲着什么。

江凤凰觉得铺窗前暗了一下，抬起头，一个身胚高大的中年汉子扑入眼帘，他戴着金丝眼镜，头发往后梳得纹丝不乱，外罩一件灰黑的中褛，里边是白衬衫打领带，腋下夹一个软软的皮包，看上去像个成功的生意人。她以为是客人，但就在对方犹豫的一刹那，她认出了他，身上的血液全都涌到心头，暗暗叫了一声："到底还是来了。"

"认出我吗？"李彼得习惯性地低了下头进门，克制住对于某种羞耻的苦恼和深深的自责，强作镇静地注视着她那仍然令他心荡神摇的美貌。

江凤凰以为自己会将蕴藏在心底的狂怒连同喊声全都发泄出来，结果却从喉底里发出一丝干涩的响动，听上去既陌生又残忍。

"不认得。"

"好多年了，一直想回来看看。"李彼得并不相信也不介意，伸出手，江凤凰却没有，他的手就硬僵僵地悬在了半空中。

江凤凰还弄不清他多年不敢回乡，除了害怕承担责任，还有别的什么原因，今天突然来访又到底意味着什么。

"李响亮，你要知道把我害成什么样，就不会这么轻松自在了。"她心里想，脸上因此蒙上阴影似的呆滞、冷漠的神色。

"有这个必要吗？"她反问他。

虽然是意料之中，李彼得还是将目光慌乱地闪开。

"我这次是回来补偿你，还有我的孩子——"

"你的孩子？"她用一种满不在乎的口气说，以免暴露内心的情感。

"是啊，我知道她是我的，"他瞥了一下干活的工人，涎着脸嘿嘿苦笑，"不管你承不承认。"

那几个工人见情况不对，上厕所的上厕所，喝水去的喝水去，给他们腾出独立的空间。

明知孩子就是他的，可在内心深处，江凤凰始终不肯承认这一点。

"她姓王了，永远都姓王。"

李彼得听出了话里的话，那个孩子就是他的亲生骨肉，但是那个孩子不可能属于他。像有什么东西在他的心里震荡了一下，碎裂了。他眼角潮润，声调也变了："凤凰，我真的是——"

江凤凰把手指放在自己嘴边嘘了一声，阻止他说下去。她不相信这个男人说出来的话，她只相信自己的感觉。

李彼得像头老牛深深地叹了口气，内心充满了对方所不能理会的微妙复杂的感受。

"好吧，我只见一见孩子。"他瓮声瓮气地说，脸色不大好。

江凤凰曾多次在脑子里演习这样的场景：他愧疚、难堪地回来，她戳着他的鼻尖痛快地骂，"你不是无所不能吗？我就要看看你是怎样哭丧着脸回来见我。"而当这一刻真正来临，她却像饿过头的人看到食物就反胃，"走走走，让我们过几天安静日子吧。"

说到"日子"二字，江凤凰哽住了。这些年，她好不容易才甩掉他溅在她身上的污泥，沿着健康有益的生活道路行进，一种由悔悟和感恩所造成的巨大温暖常常伴随着她，她不想节外生枝。

"凤凰，我也不容易啊，"李彼得觉得嗓子眼堵得慌，不吐不快，"我可是什么罪都受过，跑广州，过深圳，摸黑游深圳河，同行的好几个不是被遣回就是淹死，我命大到了香港，没有身份，成天躲着阿Sir，干的全是最脏最累的活，后来才瞅准机会到了曼谷，做点小生意，这两年三年才好起来……"

他很想说，若不是为了来看她，他打死也不愿回到这片令他声名狼狈的土地上。可说这些又有什么意思呢？

"一个大男人，也好意思喊苦。"

　　一想起那段受尽欺凌、连"野鸡"也敢做的日子，江凤凰的情绪再也无法遏制，嘴巴往下撇，下巴厉害地抖动着，泪水就要从喷溅着怒火的眼眶里溢出。

　　"要不是菁菁，我不知死了多少回……"

　　李彼得静静地听着，没有打断她，嘴角跟着一筋一丝地动，仿佛对方的每个字都牵动他的心。

　　"你一口一个'补偿'？我问你，你拿什么补偿？有几个臭钱了不起啊？"她轻蔑一笑。

　　李彼得用一种温和、息事宁人的腔调说："我没别的意思，就是想表达一点心意。"

　　"十几年了，这么难都走过来，我们还需要什么？我们啥也不需要！"

　　江凤凰脸色煞白，嘴角挂着一丝似有若无、淡淡的笑，但没有比这个更揪心的了。李彼得的颈和头痉挛地动了一下，像被什么东西勒痛。他顷刻间明白过来，他俩的命运早就分岔了，各自奔往不同的方向。

　　在一阵难熬的沉默过后，江凤凰的声音如一缕轻烟悠然逸出："只要菁菁能平平安安地长大，我的罪就没白受。"

　　"我不会打扰你们，真的，我只是想看看孩子，跟她说说话，要不，我以朋友的身份见她？"他听见自己的声音有点不对劲，不像是发自喉咙，而是发自鼻腔。

江凤凰正要拒绝他，就看见菁菁甩着小马尾、背着大书包从铺窗前闪过。她飞快地抹了下脸，恢复了往日的神态。

"菁菁，过来喊叔叔，"江凤凰见菁菁好奇地望着这个穿着考究的男人，又解释说，"他是妈妈的朋友，从国外来的。"

听到菁菁娇弱而羞怯地叫了一声，李彼得弯下腰，眼神里游离着一丝温蔼的亮光，嘴唇嚅动了一下咧开来，温柔地说："是菁菁啊，三年级了吧？"

"四年级了。"菁菁边答着边退至墙根。

李彼得眼眶一红，用一种近乎梦幻的声音说："菁菁长得像妈妈，可是比妈妈还要好看。"

"老李，"江凤凰加重了语气说，"菁菁还要做作业，你该走了。"

李彼得极力掩饰自己的窘态，说话的声调变得又轻松又快活："那待会我来接你们娘俩去吃饭。"

江凤凰将他拽到一旁恶狠狠地说："别犯傻了，我不会去的，我不可能跟一个害我男人的人吃饭！"

"我没害他，你最清楚了。"李彼得很想就此事跟她干一架。

"好好好，你走吧。"江凤凰说。

"你起码得让我跟菁菁待一会儿，否则我不走。"李彼得强硬地说，"江凤凰，我也请你理解我，她毕竟也是我的女儿。"

　　江凤凰知道闹起来对谁都没好处，就用一种清冷的声音说："那好，晚上九点，你接她出去吃点东西，我负责跟她说说。不过丑话说在前，你要跟她胡说八道，就没有下次了。"

　　"那么晚？"李彼得问。他几乎禁不住地露出了微笑，看到她也有弱点，他感觉很痛快。

　　"你能不能多替孩子想想？"江凤凰严厉地说，"早了人多，传出去影响不好。"

　　李彼得带着一种内疚点了点头。

　　晚上接菁菁，江凤凰又给李彼得加了个条件："不许给她钱，也不许给她乱买东西。"

第二十三章

龙春得到一项意外的任务，很重要，三天后泰国清城县同乡会观光团将莅临樟东镇参观考察，要在春天哥饮食店"做桌"吃家乡菜。若不是冯乡长亲口说的，打死他也不会信。

"老兄，是不是你推荐的？"龙春问乡长。他的回答是番客自己定的。

既然无法确定是谁做的好事，龙春就只能相信机缘巧合了。可一听说领队的蓝老先生是东南亚赫赫有名的美食家，以开潮州菜酒楼起家，龙春又胆怯了，生怕店小出丑，弄巧成拙。

"谁一开张就是大店？这老爷子一开始还不是在马路边上摆摊子？"苏彩娥脸上流露出一种遇到困难愈发倔强的神情，拍着胸脯给男人鼓劲，"这么好的机会，就算亏本咱也认了。"

"亏本怕啥？"龙春忧心忡忡地说，"我是担心咱们这点小伎俩应付不了大场面，万一搞砸了——"

苏彩娥眉头一皱计上心来，说："你记不记得盼盼办满月酒时，娘给咱们请了个大厨主灶？"

"曾青山曾叔嘛。"龙春心不在焉地说。

苏彩娥说："听说他在家闲着，不如咱们去请他。对，他要是乐意，还可以长久帮下去。"

"对啊，"龙春拍了下大腿，脸色开朗起来，事不宜迟，骑上单车直奔曾家。老人原来忙惯了，正闲得浑身发痒，一听说有发挥余热的机会，连报酬也没提就点头答应。到了下午，老人定下菜谱要龙春尽快备料，有些料实在找不到，由他出面到开酒楼、当厨师的朋友那里先"借"，由于任务繁重且只许成功，他又叫上两个得意的徒弟搭手。

农历腊月十五，樟东镇的天是晴朗的天，虽然冷，太阳却是十二分地好，风虽大，倒未见以往漫天的尘土。原来天没亮透，镇政府就派人将必经之道以及要参观的场所仔仔细细地清

扫一遍，到处摆满盆栽鲜花。一大早，数百名学生站在国道旁
列队欢迎，他们白衫蓝裤手捧绸缎做成的红花，小脸迎着寒风
冻成一只只鲜艳的红苹果。到了九点半，一辆黑色轿车缓缓驶
入人们的视野，紧随其后的是一辆天蓝色大巴和一辆乳白色面
包车。

鞭炮噼里啪啦地响起，乐队吹起喇叭、敲响军鼓，孩子们
精神一振高高地舞起大红花，齐声欢呼："欢迎欢迎，热烈欢
迎……"

那天万人空巷，万头攒动，观光团一行三十人，其中多
半是上了年纪、对家乡满怀深情的老人。在县镇乡领导的陪同
下，观光团参观了古港旧址、天后宫，拜谒了祖祠，中午观光
团只在镇政府食堂吃了个工作餐，下午两点又参加了樟东镇投
资洽谈会……观光团所到之处，人们拉着"月是家乡明，情是
故人浓""千山万水远，思乡情怀深"这样的条幅，播放着深
情款款的潮曲，那动人的氛围无法不勾起老华侨们对往事的回
忆，抛妻别子，背井离乡，一口烂甜粿一把辛酸泪……如今重
返唐山已是斗转星移，物是人非。

蓝老先生一想到留在唐山、早已作古的"草头"妻（即原
配），泣不成声。就连李彼得这年轻的一代，也都受到感染，
唏嘘不已。那时侨胞们并不清楚，还有一场乡村盛宴在等待着
他们，将再度掀起他们的情感波澜。

转眼黄昏已至晚霞满天，冷风吹起了清水河的层层明漪，月窟乡的街巷被夕照分出个截然不同的冷暖明暗，亮处金红暗处灰紫。春天哥饮食店张灯结彩曲乐飘飘，一副一米宽的红色对联从二楼垂下，因为今天正好是蓝老先生的生日，所以上面写的是潮汕先贤、明代状元林大钦的名联：

天增岁月人增寿
春满乾坤福满堂

见到三辆车子徐徐开至饮食店门前，有伙计点燃一串硕果般的从楼上垂下的红头大鞭炮，一时声音响彻云霄，炸开的红色纸屑漫天飞舞。守在大门口的龙春急步上前，帮忙打开车门，搀扶贵宾们下车，再将他们引到楼上去。

此次宴席共设五桌，正好把撤掉屏风、恢复成大厅模样的二楼填得满满当当。蓝老先生在主桌东一位入座，次座是县委贾书记，大家再依次坐下。

龙春站在主桌旁，着一件夹棉唐装，蓝色的绸缎流水般地闪光。随着他的一声高喊"上菜喽"，苏彩娥领着四个伙计鱼贯而入。

每上一道菜，龙春都要向贵宾们介绍它的做法及特色。

第一道菜叫"金玉满堂"。甜番薯，金黄剔透，翻沙芋，裹着白糖如玉，拼盘。龙春心情有些紧张，像朗诵文章那样字正腔圆地说："甜食，甜蜜的开始；金玉满堂，大家的共同愿望。"

龙春的呆萌招来串串笑声，蓝老先生更笑得合不拢嘴，说龙春可去电台当司仪了。

接着上来的菜叫"大团圆"，是潮汕传统名菜"卤水拼盘"：嫩黄的鹅肠、棕褐的油炸豆腐、酱油色的脱骨鹅掌、粉紫色的猪粉肠、紫蓝色的鹅腱和沙黄色的鹅肝……卤酱闪着点点油光，叠盘头的芫荽翠色欲滴。

贾书记用公筷夹了块粉嫩的鹅肝送至蓝老先生的碗里。老先生边咀嚼边忍不住点头，大拇指竖得高高的，过了好久才咽了下去说："香，舍不得吞下呢。你们快动筷子，快动筷。"

见客人们一个个兴致勃勃，又如此和蔼亲切，龙春不再紧张了，还插话说："今后老先生回家乡，我请您吃鹅肝。"又引来一阵笑声。

接下来的菜愈来愈离奇："丰年硕鼠"，即田鼠炒大蒜。

这时节的田鼠已吃完"十月冬"储藏的粮食，脂肪少。曾青山用铁丝套住它们的脖子一勒，吱吱几声就断了气，搁在案板上，拿钉子钉住尾巴，用刀尖挑破肚皮，哗啦一声皮开肉绽，那肉，紫红嫩滑。剥去毛茸茸的皮，去掉黏糊糊的内脏，给它们抹上姜蒜、茴香、八角、胡椒、盐、味精等调料粉，用竹签撑开肚皮，穿起来挂在外面让寒风劲吹让烈日曝晒，吃起来味道既像腊肉，又有腊肉无法媲美的鲜味，绝了。

另一道菜叫"焙烤鲜珠蚶"。

蚶分三种，珠蚶最好。曾青山的做法也奇特，不是通常的滚水淋蚶，而是将蚶放在瓦片上烤。吃蚶讲究原汁原味，焙烤最难就是把握好火候，五成熟，不能把蚶血烤干使嫩肉变硬。珠蚶连同焙烤的瓦片被一齐端上时，还哧哧地冒出热气，有股海腥味在白烟中很冲地激荡开去。客人们已顾不上礼节，可指尖一触到厚壳又被烫得缩了回来。

龙春用一对勺子将它们夹起，分到主桌各人的碗里。其他桌的客人也都拿起勺子来。客人们个个鼓腮吹气，恨不得马上掰开硬壳，好让那鲜嫩、血淋淋的蚶肉舌头般地吐出来。眨眼工夫，桌上堆起小山似的厚壳。瓦片蚌壳收走了，还有人贪婪地吮咂着手指上的蚶血，一副馋相。

备料时龙春曾嫌蚶太少，曾青山笑眯眯地说："少食多知味。滥了，龙肉也不好吃。"

"生淋活鱼"可是道名菜，曾青山要龙春买来五条十几斤重的黑脊银肚大草鱼，放入水池净养两日，去泥味，洗涮干净，开膛破肚。一切准备妥当，用尖刀从滑溜溜的鱼背上划出道暗红的大口，放进一个特制的木桶里淋上开水，盖严木桶，十多分钟后再取出淋熟猪油，配上咸酱料和酸甜酱料，美不可言。

待桌上的菜吃得差不多，又连续上了"蟹黄石榴鸡"和"酿金钱鱼鳔"。

看见"水晶鱼生"时众人面面相觑。蓝老先生说，这道菜在旧时声名显赫，新中国成立后一度禁食，怕鱼里有寄生虫，不卫生。

龙春告诉大家，鱼生已用最严格的方法消过毒，请放心食用。

鱼生披云镂雪，旁边是浓稠的梅膏酱，客人们犹犹豫豫地伸出筷子，夹起蘸了下"酸甜"，一片下肚便不再斯文，风卷残云般一扫而光。

"油爆肉笋"刚上桌时并没有引起太多人的注意。当龙春宣布"这道菜是献给勇敢的美食家们"时，他们方瞪眼细瞧，可就是找不出什么特别之处。有人以为是肉丝，有人断言是干笋丝，还有的说是香菇丝……

蓝老先生笑眯眯地挟起几根慢慢地嚼着，过了好一会儿才悠悠地说："多少年了，我都忘了这道奇菜了。"

大家纷纷向老先生请教："这肉笋究竟为何物？"

"就是肉里长出来的蛆。"老先生一语既出，四座骇然。

老先生说得没错，所谓肉笋，就是猪肉上长出来的蛆。制作这道菜并不简单，要在半个月前就得着手准备，买回一大扇肥猪肉吊于厨房的梁上，故意让烟熏火燎，延缓肉质腐烂的时间。肉的下边摆个竹匾，做什么用？接住那些掉下去的蛆。蛆肥白似雪，蠕动着、拥挤着，青蓝的血管若隐若现，令人悚然。

当然这些肉笋是曾青山从别的酒楼里"借"来的。他先往热锅里浇几大勺油，油滚了，放入姜丝、大蒜、豆瓣等作料，炒出了香味，再将一大碗肥蛆倒进去，喳的一声，冒出一蓬白烟，灼烧蛋白质的香气令人晕眩。锅下的火一下子蹿得老高。老厨师执锅一抛一抛的，然后果断扣进笊篱里，滤掉了油用盘子盛上。

当龙春把做这道菜的过程细说一遍后，大家都互相谦让起来。

"您老先来。"

"还是您先请。"

"蓝老先生已经开了头，大家别犹豫啊。"龙春鼓动着大家。

李彼得夹起几根放进嘴里说："谁吃了谁就后悔——后悔为什么不早点动筷子；谁要是不吃，谁就更后悔，往后哪还能吃到？"

大家会心一笑，壮着胆子虔诚地吃。

这次宴席，热菜冷盘一共十八道。八就是"发"，拆成两个"九"，就是长长久久！汤是"薏米炖野生甲鱼汤"。潮州菜极其注重食疗养生，正所谓"医食同源"，譬如这汤就颇有讲究，甲鱼可滋肝阴、活筋血，薏米又能化解滞气，两者相得益彰。青菜则是"绣球白菜"，还有"护国菜"——普普通通的地瓜叶经过去涩味、沥干水分、剁成萍状等工序，蒸好，再配以草菇、上汤煨制而成，放入白瓷碗之中宛若一池青萍，满目苍翠。主食有"富鲜玉兔饺""三丝烙"（即冬瓜烙、南瓜烙、马蹄烙），最后每人再吃一小碗甜面条，既寄意甜头甜尾，又祝福老先生健康长寿。

整个宴席紧凑和谐，气氛热烈，曾青山天马行空的想象力和高超的技艺到处闪光。酽酽的工夫茶和低回婉转的弦乐（请来了乐师助兴）贯穿了宴席的始终——工夫茶既解肥腻又能清除口腔杂味，好让客人再去品尝下一道菜肴的美味。潮曲则舒心醒神，赋予了进食的韵律与节奏。

在座的每个人都全身心投入，融入这场堪称烹调艺术与美食冒险完美结合的体验之中。

最后，龙春代表镇政府向蓝老先生赠送神秘生日礼物。

老人家哗地揭开盖在上面的红绸，露出尺把长、用玉石精雕而成的双桅大船。这船叫红头船，它是潮汕人漂洋过海的见证，也是海外潮人联谊会的标记，意义非凡。

老先生紧紧地握住龙春的手，眼睛亮晶晶的，嘴唇嚅动了好久才发出声音来："孩子，谢谢你给我过了个终生难忘的生日。我要将这么好的礼物复制成几份，摆在同乡会还有公司最显眼的位置，让来自世界各地的朋友观赏、了解。"

掌声哗哗响起。

"最后，我还要谢谢幕后的英雄、了不起的大厨，正是他让这些古老的潮州菜重见天日。"

蓝老先生的话才一说完，龙春已将曾青山拉到主桌来，在不间断的掌声中向大家拱手致意……

宴席结束，贾书记一边握着侨胞们的手一边说："清城就好比是各位的'寒窑'，寒窑虽破，毕竟是咱们的家。时间无情人有情，我们衷心地欢迎你们，回家乡考察、投资，有钱出钱，有力出力，把家乡建设得更美好！"

侨胞们泪水盈盈，纷纷表示愿意尽绵薄之力，为唐山添砖加瓦。待大家熙熙攘攘步出饮食店，齐鸣的礼炮将大地震得簌簌发抖，噗噗噗，一道道烟花的银光朝高处抛出优美的弧线后轰然炸开，夺目的彩光瞬间照亮了深邃的夜空。

龙春、苏彩娥、曾青山他们站在饮食店前的旷地上，与客人们挥手作别。不断升向高空的烟花把他们的脸染成五光十色，一股满足甚至是自豪感在每个人的内心焕发出更美好的光彩。

有种从来不敢想过的东西在龙春的脑子里乍然活了过来，如巨鹰般腾空跃起，他屏住呼吸，前景在忽明忽暗、闪耀不定的光影中以稀有的鲜明、具体使他惊异。不管未来如何发展，有件事却是确凿无疑的，这一夜将决定他今后的命运。

果然，观光团的光临如一石激起千层浪，给春天哥饮食店带来了巨大影响，许多人远道而来，不光冲着这鲜气、这野味、这价钱，还冲着它的名头。饮食店每天都是最早营业，又是最晚关门。

春天哥饮食店后来在蓝老先生的扶持下开了一家又一家的分店，在平原上遍地开花。龙春获得烹调界的奖项和荣誉不计其数，电视、广播、报纸上都争先报道他，把他称为"厨神""美食家""营养大师"……说实在的，到了后来，他连一道像样的菜也没有做过。

## 第二十四章

观光团离开的前一晚，李彼得从县城跑到凤凰裁缝店，向这对母女辞别。

菁菁做着作业，根本就没理他。他并不在意，光望着那张苍白稚嫩的小脸就感到很满足了。

短短几天，李彼得只要有时间就跑来，江凤凰不能无所谓了，那种厌恶变成了一种恐惧，生怕出什么乱子，可又不忍心切断这层既成事实的关系，毕竟他是菁菁的生父。她只能像对待带刺的东西那样小心与他保持距离。慢慢习惯了，江凤凰的举止做派少了原有的警惕和抵触，神色之间多了一份自然与娇媚。她把他当成一个普通熟人，耐心地听他倾诉，在异乡如何活得没意思，不如一条土狗自在云云，脸上故意浮起事不关己的淡然。

"如果有来生，"在这里李彼得很好地把握住节奏，故意停顿了一下，然后突然加重语气，像文章写到紧要处在下面画上粗杠杠，像领导想要群众鼓掌那样忽然提高了调门儿，"我一定要做牛做马报答你。"

"用不着等来生，今生你已经帮了我的大忙了。"江凤凰客客气气但不容分说。

李彼得明白她的所指，"春天哥"就是他推荐给观光团和县领导的。

"那多小的事啊，"李彼得说，"我还会回来，看看你，看看菁菁，我发誓——"

江凤凰摇摇头不让他说下去。一切需要用发誓来保证的东西都是苍白的，还不如聊点别的话题，可李彼得并不这么想。

"我生来就是个坏蛋，眼下只有做些事来赎回一点罪过。"

"既然你的钱多得到处咬人，那就捐出来给家乡修桥铺路吧，积德啊。"江凤凰看着他的可怜相调侃说。李彼得早就熟悉她的套路，你要是乖乖听话，大家相安无事；要是想入非非、妄图突破某种界限，她就会像孵蛋的母鸡那样警惕，眼神严厉且正直，不断朝你泼冷水。

接他的车子来了，李彼得脸上的肌肉一阵颤跳，神经质地眨动着的眼皮再也遮掩不住苦闷的目光。他急了，连腔调也变了，没时间再跟江凤凰玩"藏猫猫"，直截了当地问："凤凰，我要走了，你难道就没有一丝不舍吗？"

看着那双热切盼望的眼睛，江凤凰依旧笑眯眯的："没有啊。"

"为什么？"他又生气又失望。她带着可爱的傲慢的表情注视着他，用指尖轻敲自己胸口说："你不在这里。"

李彼得悲凉地叹了一声，带着那丝模糊的欲望心事重重地返回属于他的世界。

第二天，江凤凰走进仙桥街的理发店，出来时已然换了剪短、烫过的发型。当发丝纷纷扬扬地飘落时，她想起了什么？落花、流水，或者一种凄然孤寂的心境。还有，她想起了龙春。至于王更生也好，李响亮也罢，不过是她生命中的匆匆过客。

江凤凰曾在仙桥街上看见过龙春，他走在街道的另一边，夹在人流之中，脖子上架着一个梳着羊角辫的女孩，那应该是他的第二个孩子。一阵恍惚，她觉得他像漂浮在宽阔喧哗的清水河上，而她就在对岸等他。

龙春面带微笑，嘴巴一张一翕地跟孩子说着什么。她相信他早已摆脱了过去难以摆脱的苦闷，过上了想要的生活。苏彩娥走在龙春的前头，她除了屁股大一点、手臂粗一点外，跟做姑娘时没有什么两样。她不时回眸，噘起嘴逗着那个瞪大眼睛、四处张望的孩子。

从龙春那张胡子刮净、泛着光泽的脸，江凤凰找不到他有任何怀念她的痕迹，倒是看到了他对生活的适应与餍足。她以为自己会浑身一震，五脏六腑全碎了，但事实上当她的目光从他身上收回时，只觉得像从一个遥远而陌生的地方回来，没有丝毫的依恋也没有丝毫的痛楚。是的，她一直试图学会在喧闹中沉静下来，就像沉入碧蓝的深水之中，让乱糟糟的声音和景物随时消失，不再有什么东西萦绕心怀，可做起来并不容易，有时很偶然的一件事、一个场景、一句话甚至一个眼神，都可能勾起她的回忆，让她想起在最艰难的时候曾有个男人陪伴她，用和她同样的看法来理解生活和生活的目的，相互取暖。直到有一天，一种令人炫目的清晰让她忽然意识到，自己要做的不是一味地拒绝和逃避，而应该怀着从未体验过的柔情去接纳过去，就像清水河接纳大自然的风风雨雨、接纳千沟万壑汇集而来的清流浊水那样，把它当成生命中不可分割的一部分。

江凤凰紧紧抓住这个朴素的法宝，尝试放下生命中那些早就司空见惯、看似不可或缺的东西，特别是强加于她的某种责任和看法，将过去和现在连在一起，让心灵的波澜和生命的历程彼此交融。她可以去爱那些苦涩可怕的东西了，而且还能从中承袭一种力量，获得一种感恩的情感、一种宁静的满足。

记得小时候，去世的祖父硬僵僵地躺在床板上，江凤凰去牵他的手，被他那种失去体温的冰冷吓了一跳。她跑去问祖母，爷爷为何变冷了？祖母和蔼地告诉她，那是因为他吸走了周围所有的寒意。她觉得在龙春幸福的日子里头，她至少也曾为他吸走一丝寒意，或者吹进一缕暖风。这样的想法既使她的心里充满了好久没有感受到的喜悦，也带给她一种跟以往截然不同的意义，她因为彻底的领悟而决定开始一种新的生活——她要像叶老婶、何一剪，还有那些热心帮助她摆脱困境的好人那样去帮助别人。

在江凤凰开店的第三年，生意有了明显起色，她就制订计划，将自己挣来的钱分成三份，一份养家，一份存起来供菁菁日后念大学，还有一份拿去接济周边的困难家庭，不是偷偷地帮这个孩子交学费，就是请人带生病的孤寡老人上医院，对于那些来做衣服的穷人，她也总是找点理由少收或不收他们的钱。

江凤凰不图回报的捐助行动最终被人发现，一传十、十传百，有越来越多的人受到感动，纷纷跑来帮衬她的生意。她便租下了隔壁的铺面，将帮手增加到十二人，这样她不仅能够腾出时间来洽谈业务，还能为一些找上门来的酒楼、工厂、学校设计制服并指导工人生产。

　　仙桥街喧闹了一天，江凤凰的裁缝店也红火了一天。到了黄昏，尽管街头巷尾的店铺都还开着，还做着买卖，但除了酒楼食肆，来买东西的人已经不多了，趁着这个空当，住在店铺里的人们和住在家里的人们一样开始炒菜煮饭，拉凳子摆桌子，喊吃饭、骂孩子，进进出出，闹闹哄哄。吃完了，女人们洗碗刷锅，指使男人们打下手，催促孩子赶快冲凉，最后再将自己的身体连同全家人换下的衣服一起洗刷干净。

　　要是以往，大热天人们睡不着，就会站在各自的家门口乘凉聊天。江凤凰到了仙桥街后，只要有空就会提前给店门口那块热得烫脚的"灰埕"（铺过石灰水泥的旷地）一遍遍地冲水降温，再摆上小茶座供大伙免费歇息喝茶。所谓茶座，不过是一张黝黑的桌子、一罐茶叶、一套被茶水染黄的工夫茶具。有几个固定的"老茶客"便轮流坐到冲茶的位子上，红泥风炉亮起来，小锅突突冒起白烟，他们醉心地耍起那些古老而讲究的冲茶套路：淋盖、刮沫、关公巡城、韩信点兵……酱油色的茶水均匀地洒落在小茶盅上，热气腾腾……街坊邻居忙里偷闲地跑来，用湿漉漉的手端起一盅，咕噜啜个点滴不剩，又急匆匆地跑回去。

　　晚上八点后，茶座逐渐热闹。人们或站或坐围成一圈，天南地北地瞎聊，箍桶的阿炳总是成为大家开玩笑的对象。他们只要看到他腆着大肚子、仰起油光光的胖脸、鸭子似的撇开脚掌晃荡过来，就不由自主地兴奋起来。

"炳啊，炳啊，你耳朵塞屎啊？喊你好几声了，赶紧讨个鲜鲜嫩嫩的老婆仔来疼，省得晚上没事干跑来跟我们'啖白整'（瞎聊）。"五婶笑嘻嘻地逗他，两只金牙在昏暗中发出微光。阿炳嘿嘿地笑，继续掏他的牙。

"炳啊，你不食烟、不食酒，活着有啥意思？"开杂货铺的圆头故意把烟叼得斜斜的翘翘的，烟头像节日灯似的一眨一眨。

"萝卜白菜各有所爱，"江凤凰常常替阿炳解围，"你们别老欺负人家了。"

"看看，看看，凤凰姐是不是看上忠厚老实、勤劳善良的阿炳哥呀？"有人起哄。江凤凰也不慌张，双手一叉将一头烫过的黑发甩得颤颤巍巍，又霸道又风骚。

"姐就看上了他怎么着？"

别人还没反应过来，她自己已经扑哧地笑开了。

过了不久，就连江凤凰也没有料到，到茶座来的人已经不再满足于聊聊天喝喝茶，他们早早地来只是为了商量好出场的次序，给大家表演节目。

节目有演奏弦丝乐曲，有清唱潮剧歌谣，还有小伙子、小姑娘怀抱吉他唱起最流行的歌曲，跳起最流行的迪斯科。他们的表演引来路人驻足观望，也让茶座常客鼓掌喝彩。看着看着，有的观众受了感染，忍不住跟着吼上几嗓子，也有的觉得不过瘾，战战兢兢地走到榕树下，站到比地面高出一个台阶的所谓小舞台上表演自己的拿手好戏，有唱有跳的，也有玩魔术、讲笑话、猜谜语的。

差不多十点了，怕影响周边人家的休息，大伙这才恋恋不舍地解散，又是一阵闹哄哄，有的帮忙收拾桌椅打扫卫生，有的嘴里哼唱着刚刚听来的歌曲，有的勾肩搭背嘻嘻哈哈，也有的闷着头走路，绕来绕去想着刚才的表演，那些歌声、动作、眼神……仙桥街恢复了夜的静寂。

除了大风大雨，否则榕树下的小茶座就不会空着，大冬天也是如此。

忙完了手头上的事，江凤凰就会走出来，给大家递上几包瓜子，或者可以下茶的腐乳饼、花生糖，有时又会提着两个热水壶，水壶里是些祛火解暑的凉茶。她在榕树的阴影里、在幢幢人影中轻盈穿梭，替别人加水，轻轻地问候一声。她的话不多，脸上的笑容也是淡淡的，但却像一阵和风悄无声息地吹进人们的心窝，吹得大家心情格外舒畅。总有人对她说些感谢的话，她谦虚地摇头，眼睛里却闪着特别快活的光辉。

一天，忽然有人想起江凤凰读书时能歌善舞，就偷偷告诉了报幕员。

"接下来请凤凰姐为大家表演节目，好不好？"

大家鼓起掌来，江凤凰不好推托，就理了理袖子脸红红、精神抖擞地站到小舞台上，微笑着朝大伙挥手，随着伴奏的乐声响起，她张嘴唱了起来："年轻的朋友们，今天来相会，荡起小船儿，暖风轻轻吹，花儿香，鸟儿鸣，春光惹人醉，欢歌笑语绕着彩云飞。啊，亲爱的朋友们，美妙的春光属于谁？属于我，属于你，属于我们八十年代的新一辈……"

她的歌声俏丽活泼甜美，动作自然流畅，一下子就把大伙迷住了。一首歌刚刚唱完，就有人喊着再来一个，接着是骤雨般的掌声，她只好答应表演潮剧《桃花过渡》选段，"桃花姑娘"和"渡伯"的斗歌风趣诙谐，曲调轻快，歌词也朗朗上口。江凤凰扮演的是桃花，马上就有个上了年纪的阿叔自愿给她当渡伯。

"蚯蚓蚯蚓歌，出世翻了沙，竹箸长竹箸大，伊做就唅呀唅叫歌！"渡伯一唱完，江凤凰扭了个腰身眨眨灵活的眼睛，对着渡伯调皮地吐了吐舌头，又直起了腰杆一手叉住一手比划，转眼间变成了活活泼泼的小姑娘。

"蚯蚓伊是涂底生涂底大，头有一节白，伊正唅呀唅叫歌……"她像嚼着顶花带刺的黄瓜那样脆生生地唱起来。

听过这戏出的人都明白，这一老一少斗的是《蚯蚓歌》。

那天江凤凰技惊四座，将这场夏夜的表演推向了高潮，人们忘记了喝茶，忘记了天有多闷、多热，也忘记了夜已深沉，一个个沉醉于这场不期而至、精彩迷人的艺术表演之中。

从江凤凰多才多艺的表演中，人们产生了一种崭新的感觉，那就是相信艺术的魅力是不可低估的。在大伙的撺掇下，江凤凰成立了"金凤凰业余小剧团"，自任团长。此时菁菁已升上初中，用不着母亲多操心，江凤凰正好将工作之余的全部时间投入到小剧团的管理上，组织大家排练节目，免费到各乡镇演出。

在短短的一年里，剧团邀约不断。江凤凰他们马不停蹄，从一座山翻到另一座山，从一个村庄转到另一个村庄，不断有民间艺人自愿加入，无偿奉献，节目的样式变得愈来愈丰富，潮剧、舞蹈、流行歌曲、相声小品、杂技魔术……内容既新鲜又接地气，深受村民们的喜爱。

那些看过表演的人回去后大加渲染，他们说江凤凰唱歌，让你哭你就哭，让你笑你就笑，又说他们所表演的潮剧，一点都不比"市一团"差，至于孩子们，最着迷的是杂技魔术，他们争着说谁谁谁能一掌劈断砖头，能像猴子一样翻筋斗，能用手走路，能吃火吞剑，即使你把他的手脚捆个结实抬进箱子里，他也能从容不迫地为自己松绑。孩子们还喜欢模仿相声小品里的人物说话，只是没说上两句就笑得喘不过气来。总之，这个业余小剧团的知名度随着他们奔跑的范围不断地扩大，而且远远地跑在他们脚步的前头。

当小剧团演出的海报贴满月窟乡的大街小巷，往日那种沉闷的死气如被一股旋风扫荡净尽，到处涌动着喜气和活力。黄昏时分，乡亲们有说有笑、满怀期待地涌向晒谷场，那里已用桩木竹竿结结实实地扎了个临时舞台，上面结满绸缎，有副大对联垂挂两边：

　　若非台上咚咚锵
　　岂有台下嘻嘻哈

乡政府一早就派人用绳索拉出几个场子，有的是观众席，有的指定给小商小贩做买卖。随着夜色逐层沉暗，小食摊的灯火炉灶如篝火般益发亮堂，引得孩子们飞蛾扑火般地凑上去。

龙春走出饮食店，走向那个被黑稠稠的人群包围着、从缝隙里忽明忽暗地透射出灯光的舞台，将自己当成一滴水汇入到人的海洋里。舞台上有个打扮得很隆重的姑娘在报幕，一字一顿，嗓音清脆，接着就听到锣与钹的清亮碰撞、二弦和唢呐的尖脆高亢，穿着青衣戏装的女人一步三叹地出场。

龙春愣了一下，这声音对他来说太熟悉了，熟悉得就像听到自己的心跳。

今天她选唱的是潮剧《回寒窑》片段。

《回寒窑》说的是薛仁贵投军十八载，登王位后回寒窑寻妻柳英春，见了面又心生疑窦，经多方试探，最后被她坚贞不渝的爱情所感动，向她认错，夫妻破镜重圆。当"柳英春"唱至"只是……我夫生来书生样，你……你为何五绺胡须挂胸前"，龙春不知想到了什么，被一种汹涌的情感震住了，脸色变得严肃起来，他闭着眼睛，鼻翼不断抖动，与江凤凰在一起的点点滴滴再次浮上心头。

如果当初江凤凰没有离开他，那他将做何选择？这个残忍的假设如锤子般短促而有力地捣着他的心门。两个女人，他哪一个也舍不得，哪一个也无法痛下决心。有时候他觉得自己应该感谢江凤凰，是她帮他做出了一生中最残酷的抉择。

"风霜行伍十八载，烽烟烈日久煎熬，岁月相催人易老，今日仁贵非当年……红粉佳人易褪色，贤妻绿鬓也沾霜……"他轻轻地跟着"薛仁贵"哼唱，只觉得喉咙哽塞，鼻子发酸，有晶亮的泪珠从眼角滚落下来。

也就在金凤凰业余小剧团到月窟乡义演的那一年，苏彩娥从电视上看到，城里的男人都爱穿西装，就决定给丈夫做一件。其实这些年，苏彩娥那些好看的衣服差不多都是在江凤凰那里定做的。江凤凰家从不偷工减料，做出的衣服大小合身，当然最重要的是款式新颖时髦——她的铺窗前总摆放着最新的时装杂志，你想要哪一款她都能做出来，不差分毫。

　　江凤凰告诉苏彩娥，她从来没有做过男士西服，不过愿意亲自一试。之后，她从别人那里借了件香港西装，驼色，厚实的花呢料子，打开来散发出一股樟脑丸的清凉气味。

　　整整一个晚上，江凤凰将西装偷偷拆开，一片片地摆在一张大纸上，用铅笔勾画出它们的大致轮廓，再按原样把衣片缝回去。第二天晚上，她根据龙春的尺寸，将胸围、腰围、臀围、袖长等按比例缩小，裁成纸样，又从柜子里拿出一块珍藏的华达呢。她来回摩挲着，一阵细腻而又温暖的感觉传遍了全身。她打开那块深蓝色的布料，放好纸样，用浅色的粉饼在上面画出细细的线条，一根、两根、三根……衣片的形状出来了。

　　一个好的裁缝并不急于下剪，而是先校准各个关键部位的尺寸。开裁了，她的眼睛紧紧地盯着刀尖，剪刀好似一艘银色快艇，在深蓝的大海上乘风破浪。她是如此醉心于这件事，以至于龙春穿上西服的样子已跃然于眼前，他讨好地对着她笑，那懒懒散散、可有可无的死样子一点都没变。

　　那件西装后来穿在龙春的身上，从入秋一直穿到春深，要是可以的话，他一辈子也不想脱下来。